有趣的中國文字

中國文字

漢字的美麗圖像・形義演變全都錄

羅秋昭 著

你好

序

XÙ

　　中國文字有其獨特性，除了文字結構之外，其字形之間隱含著深厚的文化意義。

　　過去幾年，常到國小輔導語文教學，發現學童在學習漢字上有兩個現象，一個是對生字學習不感興趣，一個是容易寫錯字，這兩個現象，基本上就是在教師講解漢字時，未能對造字原理多做解釋。例如：通「緝」、編「輯」，學生常把「緝」和「輯」寫錯，如果了解字義，就不會寫錯了，因爲「通緝」是把人犯抓到，要繩之以法，所以是「糸」部，而編輯是把文稿如車軌般地條理編纂起來，當然是「車」部了。如果從文字的字形上去了解字義，不但容易了解，也容易記誦。這樣學習有效率，而且不容易寫錯字了。

　　其次，圖象是一種容易記憶的方法，能在教學文字時，運用圖畫解說，可以收到事半功倍之效。於是不揣愚昧，爲幫助初學漢字者從圖象中開始學習，於是把過去所學的文字學基礎，編寫一本《有趣的中國文字》，希望藉著圖形和字義，加強漢字學習。只是事情想著容易，做著難。

　　一開始就面臨兩個問題，一個是漢字有五、六萬個字，哪些字是有趣味的，又是常用的；找到了兩百多個常用字以後，又面臨對字意解釋的困難，因爲漢字已有三千年歷史，時代久遠，形聲字在字義解釋上，總有些牽強，所以停停寫寫也用了五、六年。直到 2002 年，終於在宋信瑤、張昊辰幫忙整理資料，以及陳偉文在服兵役之前挑燈夜戰地幫忙畫圖，才寫完這本書，等到排好版之後，還請同仁林政華教授幫做了最後的校閱，才在大家的期待下，出版了這本《有趣的中國文字》。

本書把漢字的字形，先用圖畫方式呈現，再加上文字演進中的字形，此外，同時介紹字形相似的字，例如學習「爪」字，就把「抓」、「爬」一起學習了。總之，希望把難學的漢字，透過圖畫輕易地認識它，記住它。

　　本書出版後，經過十幾刷，受到讀者的喜愛，特別是海外學習中文的學生，他們喜歡從圖畫中，看到漢字造字過程，也喜歡從相關字中，增加識字量。

　　2017 年五南圖書公司希望本書可以改版，把圖畫表現得更加有趣味，於是重新找了插畫者，以活潑色彩，並且帶點童趣的畫法，把中國文字以更輕鬆的呈現在讀者面前。這次改版中，很感謝好友胡曉英老師對本書做了仔細的校對，讓本書可以更清晰完美的呈現在讀者面前。

　　本人過去從事語文教育工作，在教導學生認識漢字時，總是從字音、字形上去解釋字義，在講解漢字結構及字義之後，發現越是了解漢字造字原理，越是對祖先們造字的智慧，十分佩服。如今，以新的面貌呈現在讀者面前，希望學習者從圖畫中更容易學會漢字，同時也藉由漢字，學習到中華文化的精義。

目錄
CONTENTS

動物篇

植物篇

(9)

天文篇

日

rì

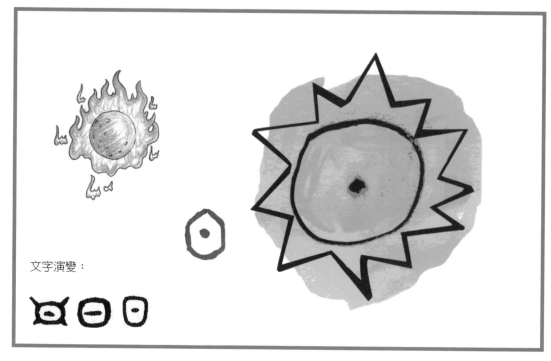

文字演變：

像 太 陽 的 形 狀 。 日 中 間 的 那 一 點 或 一 直 線 ， 表
xiàng tài yáng de xíng zhuàng　　rì zhōng jiān de nà yī diǎn huò yī zhí xiàn　biǎo

示 太 陽 會 發 光 發 熱 ， 是 實 體 的 ， 而 不 是 圓 形 的 輪 廓 ， 同 時
shì tài yáng huì fā guāng fā rè　shì shí tǐ de　ér bú shì yuán xíng de lún kuò　tóng shí

表 示 太 陽 內 部 有 熱 源 。
biǎo shì tài yáng nèi bù yǒu rè yuán

造句示例

日記 (diary)：哥哥有寫日記的習慣。
rì jì　　　　　gē ge yǒu xiě rì jì de xí guàn

星期日 (Sunday)：星期日爸爸帶我去動物園。
xīng qī rì　　　　xīng qī rì bà ba dài wǒ qù dòng wù yuán

春

ㄔㄨㄣ

chūn

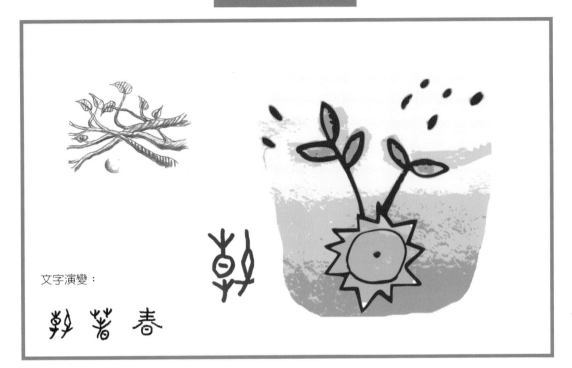

文字演變：

甲 骨 文 寫 作「⚘」 像 盆 中 長 出 青 草，
jiǎ gǔ wén xiě zuò　　　　　xiàng pén zhōng zhǎng chū qīng cǎo

有 春 天 來 了，草 木 生 長 的 意 思。金 文 寫 成「🪴」
yǒu chūn tiān lái le　cǎo mù shēng zhǎng de yì sī　jīn wén xiě chéng

像 在 陽 光 下，草 木 蔓 生 的 樣 子。
xiàng zài yáng guāng xià　cǎo mù màn shēng de yàng zi

造句示例

春 天 (spring)：春 天 來 了，花 園 裡 的 花 開 了。
chūn tiān　　　　　chūn tiān lái le　huā yuán lǐ de huā kāi le

春 雨 (spring rain)：春 天 雨 多，姐 姐 說 這 叫 做「春 雨 綿 綿」。
chūn yǔ　　　　　chūn tiān yǔ duō　jiě jie shuō zhè jiào zuò　chūn yǔ mián mián

旦 ㄉㄢˋ

dàn

文字演變：

用太陽從地平線升起的樣子，表示早晨的意思。
yòng tài yáng cóng dì píng xiàn shēng qǐ de yàng zi　biǎo shì zǎo chén de yì si

「旦」是指太陽剛開始出現，所以它也可以當作「開始」
dàn　shì zhǐ tài yáng gāng kāi shǐ chū xiàn　suǒ yǐ tā yě kě yǐ dāng zuò　kāi shǐ

的意思，如：元旦，表示一年的開始。
de yì si　rú　yuán dàn　biǎo shì yī nián de kāi shǐ

造句示例

元旦 (New Year's Day)：一月一日我們叫它元旦。
yuán dàn　　　　　　　　yī yuè yī rì wǒ men jiào tā yuán dàn

旦夕 (day and night)：旦夕是指白天和晚上，表示時間很短。
dàn xī　　　　　　　　dàn xī shì zhǐ bái tiān hé wǎn shang　biǎo shì shí jiān hěn duǎn

月

ㄩ
ㄝ
ˋ

yuè

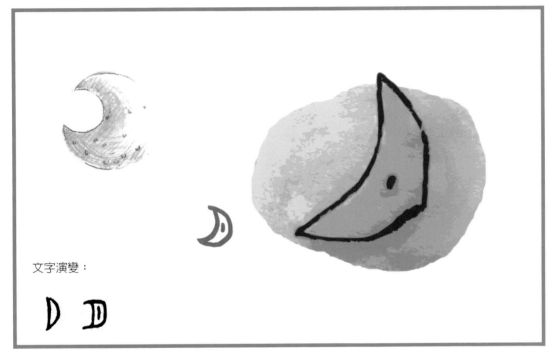

文字演變：

　　用 半 個 月 亮 的 形 狀 造「月」字；因 爲 人 們 看 到 的 月
　　yòng bàn ge yuè liàng de xíng zhuàng zào　yuè　zì　　yīn wèi rén men kàn dào de yuè

亮，月 缺 的 時 候 比 月 圓 的 時 候 多，所 以 以 半「月」造 字，
liàng　yuè quē de shí hòu bǐ yuè yuán de shí hòu duō　suǒ yǐ yǐ bàn　yuè　zào zì

也 可 以 和「日」形 有 所 區 別。
yě kě yǐ hàn　rì　xíng yǒu suǒ qū bié

━━━━━━ 造句示例 ━━━━━━

月 亮 (moon)：今 晚 的 月 亮 特 別 明 亮。
yuè liàng　　　　jīn wǎn de yuè liang tè bié míng liàng

月 餅 (mooncake)：中 秋 節，我 們 一 邊 看 月 亮，一 邊 吃 月 餅。
yuè bing　　　　　zhōng qiū jié　wǒ men yī biān kàn yuè liang　yī biān chī yuè bing

明

ㄇ一ㄥˊ

míng

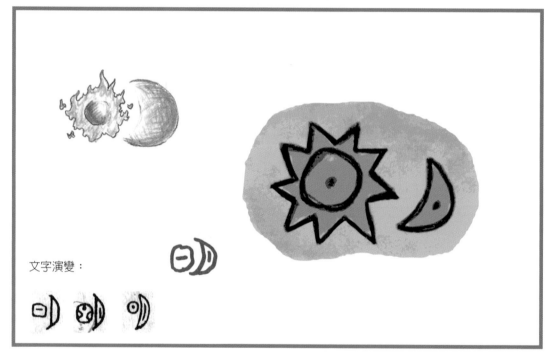

文字演變：

左 邊 是 日，右 邊 是 月，日、月 交 輝，表 示 很 光 亮 的
zuǒ biān shì rì yòu biān shì yuè rì yuè jiāo huī biǎo shì hěn guāng liàng de

樣 子。甲 骨 文、金 文 有 以 下 幾 種 字 形：「◑」、「◓」。
yàng zi jiǎ gǔ wén jīn wén yǒu yǐ xià jǐ zhǒng zì xíng

—————————— 造句示例 ——————————

明 天 (tomorrow)：明 天 就 要 開 學 了，時 間 過 得 真 快。
míngtiān   míng tiān jiù yào kāi xué le shí jiān guò de zhēn kuài

明 亮 (bright)：新 的 燈 泡 特 別 明 亮。
míngliàng   xīn de dēng pào tè bié míng liàng

東

ㄉㄨㄥ

dōng

文字演變：

它 像 日 在 木 中 ， 也 就 是 太 陽 由 林 中 升 起 ，
tā xiàng rì zài mù zhōng   yě jiù shì tài yáng yóu lín zhōng shēng qǐ

來 表 示 東 方 的 意 思 。
lái biǎo shì dōng fāng de yì si

造句示例

東 方 (the East)：太 陽 每 天 從 東 方 升 起 來 。
dōng fāng　　　　　　tài yáng měi tiān cóng dōng fāng shēng qǐ lái

東 西 (thing)：媽 媽 手 上 拿 著 沉 重 的 東 西 。
dōng xī　　　　mā ma shǒu shàng ná zhe chén zhòng de dōng xi

07

星
ㄒ一ㄥ

xīng

文字演變：

　星　字　原　寫　作　曐　，　上　面　三　個　「　日　」　，
　xīng　zì　yuán　xiě　zuò　léi　　shàng　miàn　sān　ge　rì

表示許多發光的星體，後來省筆，只寫一個「日」。以
biǎo shì xǔ duō fā guāng de xīng tǐ　hòu lái shěng bǐ　zhǐ xiě yí ge　rì　　yǐ

「　生　」字　作　為　字　的　聲　符　。而　且「　生　」有　生　生　不　息　，
　shēng　　zì　zuò wéi zì　de shēng fú　ér qiě　shēng　yǒu shēng shēng bù　xí

表示星星眾多的意思。
biǎo shì xīng xing zhòng duō de　yì　si

造句示例

星星 (star)：晴朗的晚上，天上星星一閃一閃真美麗。
xīng xing　　　　　qíng lǎng de wǎn shang　tiān shàng xīng xing yī shǎn yī shǎn zhēn měi lì

星期 (week)：一星期有七天。
xīng qī　　　　　yī xīng qī yǒu qī tiān

天

ㄊㄧㄢ

tiān

文字演變：

天字從「一」和「大」。「大」是人雙手、雙腳張
tiān zì cóng yī hàn dà　　dà shì rén shuāng shǒu　shuāng jiǎo zhāng
開的形狀，「一」是人頭最高的地方，所以人上的那一
kāi de xíng zhuàng　　　yī　shì rén tóu zuì gāo de dì fāng　suǒ yǐ rén shàng de nà yí
片就是天。
piàn jiù shì tiān

造句示例

天空 (sky)：五彩汽球飄在天空中，真是好看。
tiānkōng　　　　　wǔ cǎi qì qiú piāo zài tiān kōng zhōng　zhēn shì hǎo kàn

天氣 (weather)：臺灣的天氣四季如春，非常舒服。
tiān qì　　　　　tái wān de tiān qì sì jì rú chūn　fēi cháng shū fu

氣

ㄑ一ˋ

qì

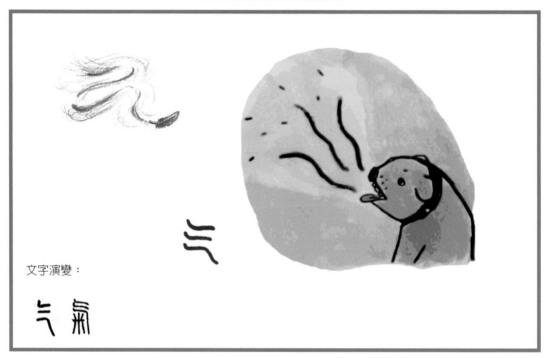

文字演變：

最早的字形是三條橫線，表示空中的氣流。
zuì zǎo de zì xíng shì sān tiáo héng xiàn biǎo shì kōng zhōng de qì liú

後來為了與「三」字區別，上、下兩橫逐漸曲折。
hòu lái wèi le yǔ sān zì qū bié shàng xià liǎng héng zhú jiàn qū zhé

另外，許慎《説文解字》説，其原意是指活著
lìng wài xǔ shèn shuō wén jiě zì shuō qí yuán yì shì zhǐ huó zhe

尚未宰殺的動物從口裡發出的氣息。現在「氣」
shàng wèi zǎi shā de dòng wù cóng kǒu lǐ fā chū de qì xí xiàn zài qì

有天氣、氣息的意思。
yǒu tiān qì qì xí de yì si

造句示例

氣候 (atmosphere)：沙漠氣候很乾燥。
qì hòu　　　　　　　shā mò qì hòu hěn gān zào

生氣 (angry)：常生氣的人容易生病。
shēng qì　　　　cháng shēng qì de rén róng yì shēng bìng

10

雨
ㄩˇ

yǔ

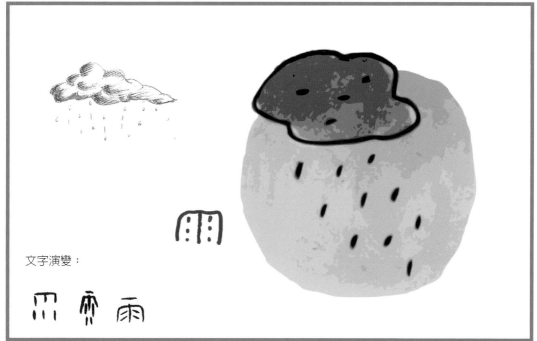

文字演變：

一 橫 代 表 天 ，「冂」是 雲 ，下 面 是 一 滴 一 滴 的 雨 水 。
yī héng dài biǎo tiān　　　　shì yún　xià miàn shì yì dī yì dī de yǔ shuǐ

因 為 雨 從 烏 雲 處 往 下 下 雨 ，有 天 、有 雲 、有 雨 滴 ，
yīn wèi yǔ cóng wū yún chù wǎng xià xià yǔ　yǒu tiān　yǒu yún　yǒu yǔ dī

就 成 了「雨」字 。
jiù chéng le　yǔ　zì

造句示例

下雨 (rainy)：每 到 五 月 臺 灣 就 會 下 很 多 的 雨 。
xià yǔ　　　　　　měi dào wǔ yuè tái wān jiù huì xià hěn duō de yǔ

雨傘 (umbrella)：下 雨 天 ，出 門 一 定 要 帶 雨 傘 。
yǔ sǎn　　　　　　xià yǔ tiān　chū mén yī dìng yào dài yǔ sǎn

雪

ㄒㄩㄝˇ

xuě

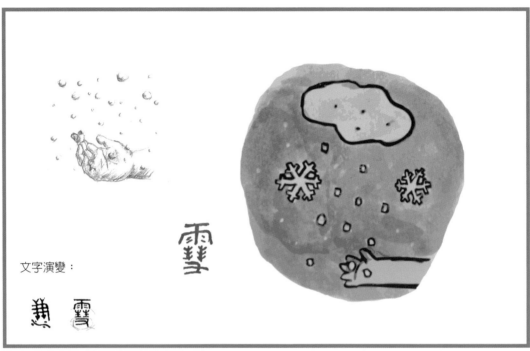

文字演變：

「雪」是「雨」和「彐」組合而成的。「彗」
shì　yǔ　hàn　　　　　　zǔ hé ér chéng de

像手中拿著雪花，後來「彗」簡化成「彐」，而變成
xiàng shǒu zhōng ná zhe xuě huā　hòu lái　　　jiǎn huà chéng　　　ér biàn chéng

「雪」字。「彐」是手，它表示能握在手裡的雨。
xuě　zì　　　shì shǒu　tā biǎo shì néng wò zài shǒu lǐ de yǔ

造句示例

下雪 (snow)：這裡冬天常下雪。
xià xuě　　　　zhè lǐ dōng tiān cháng xià xuě

雪花 (snowflakes)：雪花有六角形十分美麗。
xuě huā　　　　　　xuě huā yǒu liù jiǎo xíng shí fēn měi lì

雲 ㄩㄣˊ
yún

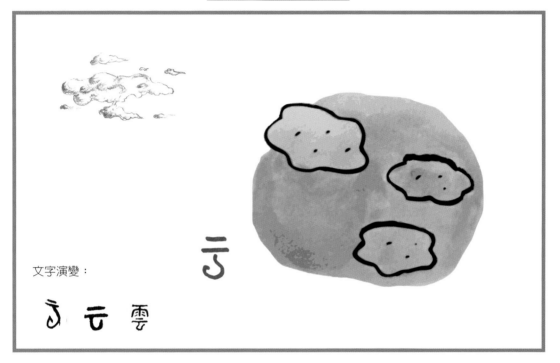

文字演變：

云 像 雲 朵 的 形 狀 ， 最 初 寫 成 〔 ◌ 〕，
yún xiàng yún duǒ de xíng zhuàng zuì chū xiě chéng

由 於「云」後 來 被 借 爲「說 話」的 意 思 ， 天 上 的「雲」
yóu yú yún hòu lái bèi jiè wéi shuō huà de yì si tiān shàng de yún

就 在「云」上 面 再 加 上「雨」。當 溫 暖 、 潮 濕 的 水 蒸 氣
jiù zài yún shàng miàn zài jiā shàng yǔ dāng wēn nuǎn cháo shī de shuǐ zhēng qì

上 升 ， 遇 到 冷 的 氣 候 ， 就 會 凝 結 成 雲 朵 ， 所 以 在「云」
shàng shēng yù dào lěng de qì hòu jiù huì níng jié chéng yún duǒ suǒ yǐ zài yún

上 面 加 上「雨」就 成 了「雲」字 。
shàng miàn jiā shàng yǔ jiù chéng le yún zì

造句示例

雲 海 (sea of clouds)：高 山 上 常 出 現 雲 海 的 美 景 。
yún hǎi　　　　　　　gāo shān shang cháng chū xiàn yún hǎi de měi jǐng

烏 雲 (black cloud)：天 上 出 現 烏 雲 ，表 示 快 要 下 雨 了 。
wū yún　　　　　　 tiān shàng chū xiàn wū yún biǎo shì kuài yào xià yǔ le

電 ㄅㄧㄢˋ

diàn

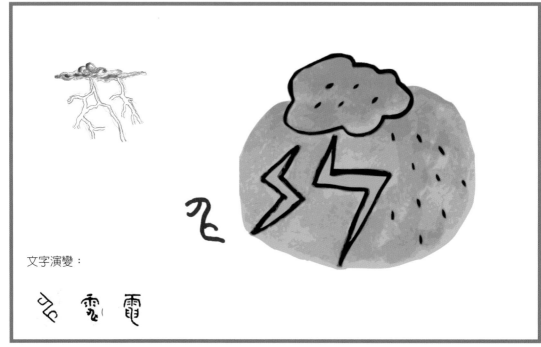

文字演變：

它最初的字形，就像閃電的樣子。閃電
tā zuì chū de zì xíng　jiù xiàng shǎn diàn de yàng zi　shǎn diàn
產生後，總會下「雨」，於是加上雨，而成了「電」
chǎn shēng hòu　zǒng huì xià　yǔ　　yú shì jiā shàng yǔ　ér chéng le　diàn
字。古字寫成「电」，「电」今爲俗寫也是電的簡化字。
zì　gǔ zì xiě chéng　　diàn　jīn wéi sú xiě yě shì diàn de jiǎn huà zì

造句示例

電話 (telephone)：有了電話，人們就方便溝通了。
diàn huà　　　　　yǒu le diàn huà　rén men jiù fāng biàn gōu tōng le
電視 (television)：弟弟喜歡看電視裡的卡通節目。
diànshì　　　　　dì di xǐ huan kàn diàn shì lǐ de kǎ tōng jié mù

雷

ㄌㄟˊ

léi

文字演變：

「雷」字最初的字形像四面鼓；因爲閃電後的雷聲，
léi zì zuì chū de zì xíng xiàng sì miàn gǔ yīn wèi shǎn diàn hòu de léi shēng

像連續的鼓聲，所以畫了四面鼓，小篆減省爲
xiàng lián xù de gǔ shēng suǒ yǐ huà le sì miàn gǔ xiǎo zhuàn jiǎn shěng wéi

三面鼓。由於打雷後常會下雨，所以上面加上「雨」
sān miàn gǔ yóu yú dǎ léi hòu cháng huì xià yǔ suǒ yǐ shàng miàn jiā shàng yǔ

字，就成爲「雷」字。
zì jiù chéng wéi léi zì

造句示例

打雷 (to rumble with thunder)：天上有烏雲，不久就會閃電和打雷。
dǎ léi tiān shàng yǒu wū yún bù jiǔ jiù huì shǎn diàn hé dǎ léi

雷射 (laser)：雷射可以放出五彩顏色，十分美麗。
léi shè léi shè kě yǐ fàng chū wǔ cǎi yán sè shí fēn měi lì

15

水

ㄕㄨㄟˇ

shuǐ

文字演變：

以 中 間 的 主流 「ㄟ」 和 四 個 迴 旋 波 光 「心」 來 表
yǐ zhōng jiān de zhǔ liú　　　 hàn sì ge huí xuán bō guāng　　　 lái biǎo

示 水 的 波 流，是 水 緩 緩 流 動 的 樣 子。或 在 左 偏 旁
shì shuǐ de bō liú　 shì shuǐ huǎn huǎn liú dòng de yàng zi　 huò zài zuǒ piān páng

加 上 「氵」，如：河。
jiā shàng　　　　 rú hé

和 水 有 關 的 字 很 多，如：「江」、「河」、「湖」、「海」、
hàn shuǐ yǒu guān de zì hěn duō rú　 jiāng　　　 hé　　　 hú　　　 hǎi

「溪」、「泉」、「沓」 等 等。
xī　　 quán　　 tà　 děng děng

── 造句示例 ──

水 塔 (water tower)：水 塔 是 儲 水 的 用 器。
shuǐ tǎ　　　　　　　　 shuǐ tǎ shì chǔ shuǐ de yòng qì

水 果 (fruits)：蘋 果 是 水 果 的 一 種，又 好 看 又 好 吃。
shuǐ guǒ　　　　 píng guǒ shì shuǐ guǒ de yī zhǒng　 yòu hǎo kàn yòu hǎo chī

冰 ㄅㄧㄥ

bīng

文字演變：

最 早 用 「〦」 來 表 示 冰 表 面 的 裂 紋 和 結 晶 體。「〦」
zuì zǎo yòng　　　　lái biǎo shì bīng biǎo miàn de liè wén hàn jié jīng tǐ

是 描 繪 水 滴 和 垂 冰 的 樣 子。冰 是 水 凝 結 而 成，
shì miáo huì shuǐ dī hàn chuí bīng de yàng zi　bīng shì shuǐ níng jié ér chéng

所 以 後 來 加 上 「水」 旁，而 成 「冰」 字。兩 點 「冫」
suǒ yǐ hòu lái jiā shàng　shuǐ　páng　ér chéng　bīng　zì　liǎng diǎn

爲 冰 字 旁，三 點 「氵」 爲 水 旁，像 「凍」、「寒」、
wéi bīng zì páng　sān diǎn　　wéi shuǐ páng　xiàng　dòng　　hán

「冷」 字 都 和 「冰」 有 關。
lěng　zì dōu hàn　bīng　yǒu guān

─── 造句示例 ───

冰 淇 淋 (ice cream)：我 愛 吃 草 莓 口 味 的 冰 淇 淋。
bīng qí lín　　　　　　　wǒ ài chī cǎo méi kǒu wèi de bīng qí lín

冰 箱 (refrigerator)：今 天 爸 爸 買 了 一 個 大 冰 箱。
bīng xiāng　　　　　　　jīn tiān bà ba mǎi le yī gè dà bīng xiāng

川 ㄔㄨㄢ

chuān

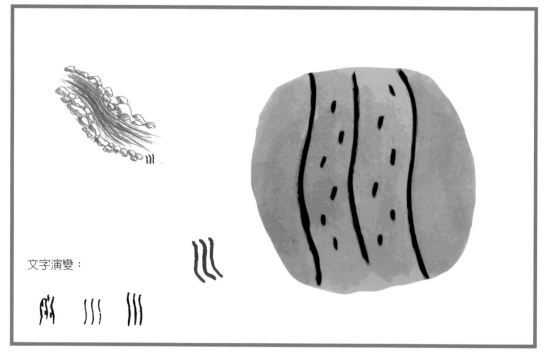

文字演變：

「川」像水在河川內流動的樣子。甲骨文寫成「巛」
chuān xiàng shuǐ zài hé chuān nèi liú dòng de yàng zi　jiǎ gǔ wén xiě chéng
或「巛」。
huò

「川」是「水」字的變形，「水」字兩邊的四點是水
chuān shì shuǐ zì de biàn xíng　　　zì liǎng biān de sì diǎn shì shuǐ
的波光；「川」字是水流很急的樣子，使波光不見了。「川」
de bō guāng　chuān zì shì shuǐ liú hěn jí de yàng zi　shǐ bō guāng bú jiàn le　　chuān
若和其他部首結合，則改寫成「巛」，如：「巡」、「災」等。
ruò hàn qí tā bù shǒu jié hé　zé gǎi xiě chéng　　　rú　xún　　zāi　děng

造句示例

河川 (river)：臺灣中部有很多條河川，可以灌溉農作物。
hé chuān　　　　　tái wān zhōng bù yǒu hěn duō tiáo hé chuān　kě yǐ guàn gài nóng zuò wù

川流不息 (the stram never stops flowing)：新開的百貨公司，每天都有川流
chuān liú bù xī　　　　　　　　　　　　　　xīn kāi de bǎi huò gōng sī　měi tiān dōu yǒu chuān liú
　　　　　　　　　　　　　　　　　　　不息的顧客進出。
　　　　　　　　　　　　　　　　　　　bù xī de gù kè jìn chū

州 ㄓㄡ ／ 洲 ㄓㄡ

zhōu

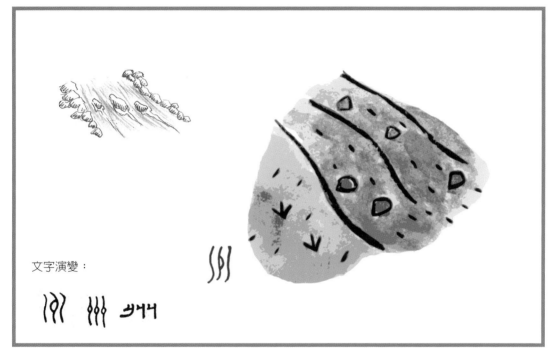

文字演變：

河流中帶有泥沙，久而久之，就自然形成的陸
hé liú zhōng dài yǒu ná shā　jiǔ ér jiǔ zhī　jiù zì rán xíng chéng de lù

地：今稱河川中的陸地叫「州」。在大海中的
dì　jīn chēng hé chuān zhōng de lù dì jiào　zhōu　　zài dà hǎi zhōng de

陸地則加三點水成「洲」。
lù dì zé jiā sān diǎn shuǐ chéng　zhōu

造句示例

沙州 (sandbar)：老師說：河裡的沙土堆積起來就成了沙州。
shā zhōu　　　　　lǎo shī shuō hé lǐ de shā tǔ duī jī qǐ lái jiù chéng le shā zhōu

洲 (continent)：在大海洋裡面突出的陸地就是「洲」如亞洲、歐洲。
zhōu　　　　　　zài dà hǎiyáng lǐ miàn tū chū de lù dì jiù shì　zhōu　rú yà zhōu　ōu zhōu

19

泉

ㄑㄩㄢˊ

quán

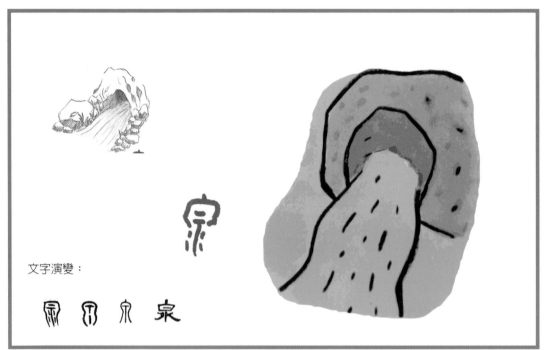

文字演變：

最先的「泉」是描繪水從山穴中湧出來，寫成「泉」、
zuì xiān de　　　shì miáo huì shuǐ cóng shān xuè zhōng yǒng chū lái　xiě chéng

「泉」。後來字形成爲「泉」，不可依楷書去解它。泉
　　　hòu lái zì xíng chéng wéi quán　　bù kě yī kǎi shū qù jiě tā　quán

水出自山中，沒有汙染，很純淨。人有本，水有源，泉
shuǐ chū zì shān zhōng　méi yǒu wū rǎn　hěn chún jìng　rén yǒu běn　shuǐ yǒu yuán　quán

就是水的源頭。
jiù shì shuǐ de yuán tóu

造句示例

泉水 (sping water)：山上常冒出清潔好喝的泉水。
quán shuǐ　　　　　　shān shàng cháng mào chū qīng jié hǎo hē de quán shuǐ

溫泉 (hot spring)：媽媽喜歡泡溫泉，她說泡溫泉身體健康。
wēn quán　　　　　　mā ma xǐ huan pào wēn quán　tā shuō pào wēn quán shēn tǐ jiàn kāng

永

yǒng

文字演變：

「水」加上「彡」（微波，漣漪）就是「永」字。
shuǐ jiā shàng wéi bō lián yī jiù shì yǒng zì

「永」字左邊是水的支流，小水渠流入大河表示
yǒng zì zuǒ biān shì shuǐ de zhī liú xiǎo shuǐ qú liú rù dà hé biǎo shì

長流，世代不斷。
cháng liú shì dài bú duàn

「永」有持久、永遠的意思，就像水
yǒng yǒu chí jiǔ yǒng yuǎn de yì si jiù xiàng shuǐ

曲曲折折的長流著，永不止息。
qū qū zhé zhé de cháng liú zhe yǒng bù zhǐ xí

═══════════ 造句示例 ═══════════

永遠 (forever)：我永遠愛我媽媽。
yǒng yuǎn wǒ yǒng yuǎn ài wǒ mā ma

永恆 (eternal)：每個人都該孝順父母，那是永恆不變的。
yǒnghéng měi ge rén dōu gāi xiào shùn fù mǔ nà shì yǒng héng bú biàn de

回 ㄏㄨㄟˊ

huí

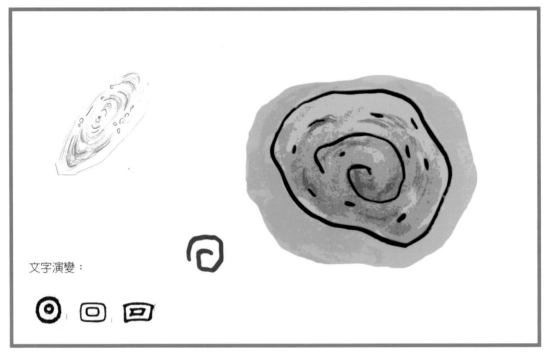

文字演變：

古字像水流回旋的樣子，本義是「旋轉」。
gǔ zì xiàng shuǐ liú huí xuán de yàng zi běn yì shì xuán zhuǎn

後來「回」字多用於歸返的意思，於是另造「迴」
hòu lái huí zì duō yòng yú guī fǎn de yì si yú shì lìng zào huí

字表示迴旋、迴轉。
zì biǎo shì huí xuán huí zhuǎn

22

造句示例

回頭 (to turn round)：回頭一看，後面跟著的，竟然是一隻大狗。
huí tóu　　　　　　　　huí tóu yī kàn hòu miàn gēn zhe de jìng rón shì yī zhī dà gǒu

回答 (answer)：老師問問題，我都可以回答得很正確。
huí dá　　　　　lǎo shī wèn wèn tí wǒ dōu kě yǐ huí dá dé hěn zhèng què

山 ㄕ ㄢ

shān

文字演變：

「山」字像三個高聳的山峰排列，
shān zì xiàng sān ge gāo sǒng de shān fēng pái liè
古代以三為多數，所以用三個峰巒表示「山」。
gǔ dài yǐ sān wéi duō shù suǒ yǐ yòng sān ge fēng luán biǎo shì shān

23

造句示例

高山 (high mountain)：臺灣有百座三千公尺以上的高山。
gāo shān tái wān yǒu bǎi zuò sān qiān gōng chǐ yǐ shàng de gāo shān

山坡 (hillside)：山坡上開滿了小黃花，真是漂亮。
shān pō shān pō shàng kāi mǎn le xiǎo huáng huā zhēn shì piào liang

丘

ㄑㄧㄡ

qiū

文字演變：

像 兩 座 小 土 山 的 樣 子，所 以 「丘」 指 小 山。
xiàng liǎng zuò xiǎo tǔ shān de yàng zi　suǒ yǐ　qiū　zhǐ xiǎo shān

24

造句示例

丘陵 (hills)：丘 陵 是 不 高 的 小 山。
qiū líng　　　　qiū líng shì bù gāo de xiǎo shān

山丘 (hill)：有 些 山 丘 可 以 種 茶，有 些 山 丘 不 能 種。
shānqiū　　　　yǒu xiē shān qiū kě yǐ zhòng chá　yǒu xiē shān qiū bù néng zhòng

石 ㄕˊ

shí

文字演變：

「厂」是山崖的樣子，「口」是石塊。山崖是由許
shì shān yái de yàng zi　　　　shì shí kuài　shān yái shì yóu xǔ
多石頭堆積而成的。
duō shí tou duī jī ér chéng de

造句示例

石油 (oil)：石油除了做燃料，還可以做很多的東西。
shí yóu 　　　　 shí yóu chú le zuò rán liào　hái kě yǐ zuò hěn duō de dōng xi

石頭 (stone)：有些石頭裡藏著美麗的寶石。
shí tou 　　　　 yǒu xiē shí tou lǐ cáng zhe měi lì de bǎo shí

谷

ㄍ ㄨˇ

gǔ

文字演變：

上 半 的 斜 線 「公」 表 示 水 流，下 面 的 「口」
shàng bàn de xié xiàn　　biǎo shì shuǐ liú　xià miàn de　kǒu

表 示 山 口。 本 義 是 兩 山 之 間 的 狹 長 地 帶 或 流
biǎo shì shān kǒu　běn yì shì liǎng shān zhī jiān de xiá cháng dì dài huò liú

水 道。 因 爲 古 人 都 是 逐 水 草 而 居，水 流 出 口 處
shuǐ dào　yīn wèi gǔ rén dōu shì zhú shuǐ cǎo ér jū　shuǐ liú chū kǒu chù

是 人 們 聚 居 之 地 方，所 以 那 兒 叫 做 「谷」。
shì rén men jù jū zhī dì fāng　suǒ yǐ nà ēr jiào zuò　gǔ

造句示例

山 谷 (valley)：山 谷 裡 住 著 一 個 神 仙。
shān gǔ　　　　　　shān gǔ lǐ zhù zhen yī gè shén xiān

深 谷 (deep valley)：爬 高 山 的 人 最 怕 掉 進 深 谷 裡，因 為 救 難 人 員 很
shēn gǔ　　　　　　pá gāo shān de rén zuì pà diào jìn shēn gǔ lǐ　yīn wèi jiù nàn rén yuón hěn

難 下 去 救 人。
nán xià qù jiù rén

土

ㄊ
ㄨˇ

tǔ

文字演變：

象 形 字 ， 像 地 面 上 有 一 塊 土 。「**Ϙ**」是 表 示 土
xiàng xíng zì xiàng dì miàn shàng yǒu yí kuài tǔ shì biǎo shì tǔ

塊 ，「一」 表 示 地 面 。
kuài yī biǎo shì dì miàn

造句示例

土地 (land)：伯父有很多土地，種了很多的玉米。
tǔ dì　　　　bó fù yǒu hěn duō tǔ dì　zhòng le hěn duō de yù mǐ

土產 (local products)：本地的重要土產是火龍果。
tǔ chǎn　　　　　　běn dì de zhòng yào tǔ chǎn shì huǒ lóng guǒ

金
ㄐㄧㄣ
jīn

文字演變：

28

「金」字從甲骨開始都強調那閃閃發亮的光點，
jīn　　zì cóng jiǎ gǔ kāi shǐ dōu qiáng diào nà shǎn shǎn fā liàng de guāng diǎn

「金」字下面是土，左、右兩點像黃金發亮的樣子。
jīn　　zì xià miàn shì tǔ　　zuǒ　　yòu liǎng diǎn xiàng huáng jīn fa liàng de yàng zi

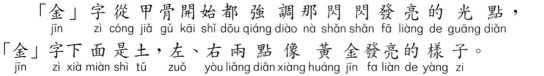

造句示例

金子 (gold)：媽媽很愛金子，一有錢就去買黃金。
jīn zi　　　　　mā ma hěn ài jīn zi　 yī yǒu qián jiù qù mǎi huáng jīn

金錢 (money)：商人靠著金錢交易，越來越有錢。
jīn qián　　　　　shāng rén kào zhe jīn qián jiāo yì　 yuè lái yuè yǒu qián

田

ㄊ
一
ㄢˊ

tián

文字演變：

田 田 田

象 形 字， 像 一 塊 塊 的 田 地。 本 來 寫 作「畾」，「囗」
xiàng xíng zì　　xiàng yí kuài kuài de tián dì　 běn lái xiě zuò

表 示 田 的 範 圍， 周 公 實 行 井 田 制 度 把 田 分 九「畾」塊，
biǎo shì tián de fàn wéi　 zhōu gōng shí xíng jǐng tián zhì dù bǎ tián fēn jiǔ　　 kuài

中 間 的 是 公 田，「井」 中 的 線 條 表 示 田 埂 小 徑。 甲 骨 文
zhōng jiān de shì gōng tián　　zhōng de xiàn tiáo biǎo shì tián gěng xiǎo jìng　 jiǎ gǔ wén

寫 成「畾」、「畾」字。
xiě chéng　　　　　 zì

造句示例

田 地 (farmland)：伯 父 買 了 一 大 塊 田 地，準 備 種 稻 子。
tián dì　　　　　　　　　bó fù mǎi le yí dà kuài tián dì　 zhǔn bèi zhòng dào zi

種 田 (farming)：「種 田」就 是 在 田 裡 種 農 作 物。
zhòng tián　　　　　　zhòng tián　 jiù shì zài tián lǐ zhòng nóng zuò wù

火
ㄏㄨㄛˇ

huǒ

文字演變：

火

「火」字是從火焰的形狀演變而成的字。它用
huǒ　zì　shì cóng huǒ yàn de xíng zhuàng yǎn biàn ér chéng de zì　tā yòng

在下偏旁時，寫成「灬」，例如：「烈」、「烝」、「烹」、
zài xià piān páng shì　xiě chéng　　　 lì rú　liè　　zhēng　　　pēng

「煎」等。甲骨文、金文的火字作「火」、「火」、「火」。
jiān　děng　jiǎ gǔ wén　 jīn wén de huǒ zì zuò

──────── 造句示例 ────────

火山 (volcano)：地震一來，大家最怕的就是火山爆發。
huǒ shān　　　　　　dì zhèn yī lái，dà jiā zuì pà de jiù shì huǒ shān bào fā

火車 (train)：火車是利用火力發動的車子。
huǒchē　　　　　 huǒ chē shì lì yòng huǒ lì fā dòng de chē zi

災　ㄗㄞ

zāi

文字演變：

甲骨文有三個災字：「囚」是火災，「☵」是水災，「屮」
jiǎ gǔ wén yǒu sān ge zāi zì 　　　shì huǒ zāi 　　　shì shuǐ zāi

是兵災。後來把火災、水災加在一起表現就成
shì bīng zāi hòu lái bǎ huǒ zāi shuǐ zāi jiā zài yì qǐ biǎo xiàn jiù chéng

「災」字。指水、火等自然災害。
zāi zì zhǐ shuǐ huǒ děng zì rán zāi hài

造句示例

火災 (fire)：火災是很可怕的災難，大家用火要小心。
huǒ zāi 　　　huǒ zāi shì hěn kě pà de zāi nàn dà jiā yòng huǒ yào xiǎo xīn

災害 (disaster damage)：蝗蟲一來，田裡的農作物就要生災害了。
zāihài 　　　huáng chóng yī lái tián lǐ de nóng zuò wù jiù yào shēng zāi hài le

灰
ㄏㄨㄟ

huī

文字演變：

ナ＝「⇃」（手 的 形 狀），灰 字 是 手「⇃」下 面 加
　　　　　shǒu de xíng zhuàng　　　　huī zì shì shǒu　　　　xià miàn jiā

火，意 思 是 指 火 滅 了；燒 過 的 東 西 可 以 用 手 去 拿，
huǒ　yì si shì zhǐ huǒ miè le　shāo guò de dōng xī kě yǐ yòng shǒu qù ná

不 怕 燙 著 了，叫「灰」。
bú pà tàng zháo le　 jiào　huī

造句示例

灰色 (grey)：灰色是介於黑色和白色之間的顏色。
huī sè　　　　 huī sè shì jiè yú hēi sè hé bái sè zhī jiān de yán sè

灰心 (discourage)：失敗了不要灰心，再接再厲就會成 功的。
huī xīn　　　　　shī bài le bù yào huī xīn　zài jiē zài lì jiù huì chéng gōng de

炊

ㄔㄨㄟ

chuī

文字演變：

「炊」的本義作「爨」，也就是東西用灶火煮熟食物的意
chuī de běn yì zuò cuàn yě jiù shì dōng xī yòng zào huǒ zhǔ shóu shí wù de yì

思。字左邊是「火」，右邊是「欠」，「欠」亦聲。「欠」是
si zì zuǒ biān shì huǒ yòu biān shì qiàn qiàn yì shēng qiàn shì

「吹」的省筆。煮飯時要吹火使旺。
chuī de shěng bǐ zhǔ fàn shí yào chuī huǒ shǐ wàng

造句示例

炊具 (rice steamer)：要煮出美味的菜餚，就要有好用的炊具才行。
chuī jù　　　　　　　yào zhǔ chū měi wèi de cài yáo　jiù yào yǒu hǎo yòng de chuī jù cái xíng

炊事 (cooking)：哥哥喜歡做菜，大家都叫他炊事專家。
chuīshì　　　　　gē ge xǐ huan zuò cài　dà jiā dōu jiào tā chuī shì zhuān jiā

陽

ㄧ
ㄤˊ

yáng

文字演變：

甲骨文「陽」字像太陽升到山上。
jiǎ gǔ wén　yáng　zì xiàng tài yáng shēng dào shān shàng

金文加「彡」表示陽光。左邊加上「阝」是土山，
jīn wén jiā　shān　biǎo shì yáng guāng　zuǒ biān jiā shàng　fù　shì tǔ shān

表示太陽從山上升起。
biǎo shì tài yáng cóng shān shàng shēng qǐ

造句示例

陽 光（sunshine）：夏天的陽光很強烈。
yáng guāng　　　　　xià tiān de yáng guāng hěn qiáng liè

太 陽（sun）：太陽都是從東邊升起。
tài yáng　　　　tài yáng dōu shì cóng dōng bian shēng qǐ

赤 ㄔˋ
chì

文字演變：

「赤」字原來的寫法上面是「大」，下面是「火」，
chì zì yuán lái de xiě fǎ shàng miàn shì dà xià miàn shì huǒ

大火的顏色與「朱色」相近，所以當「紅色」；意思
dà huǒ de yán sè yǔ zhū sè xiāng jìn suǒ yǐ dāng hóng sè yì si

就是紅色。例如：赤焰滔天。甲骨文作：「 」、「 」。
jiù shì hóng sè lì rú chì yàn tāo tiān jiǎ gǔ wén zuò

=== 造句示例 ===

赤色 (red colour)：赤色就是紅色的意思。
chì sè chì sè jiù shì hóng sè de yì si

赤腳 (barefoot)：不穿鞋子就叫做「打赤腳」。
chì jiǎo bù chuān xié zǐ jiù jiào zuò dǎ chì jiǎo

人文篇

人

ㄖㄣˊ

rén

文字演變：

人有兩種寫法，一是人部「亻」。像一個人側著
rén yǒu liǎng zhǒng xiě fǎ　yī shì rén bù　　　xiàng yí ge rén cè zhe

身體站著的樣子，寫成「亻」。另一種寫法是一個人
shēn tǐ zhàn zhe de yàng zi　xiě chéng　　　lìng yì zhǒng xiě fǎ shì yí ge rén

張開雙腳，雙手下垂貼耳，像人正面站立的樣
zhāng kāi shuāng jiǎo　shuāng shǒu xià chuí tiē ěr　xiàng rén zhèng miàn zhàn lì de yàng

子。正面直立的人寫成「大」、「人」。甲骨文作「𠂉」，
zi　zhèng miàn zhí lì de rén xiě chéng　　　rén　　jiǎ gǔ wén zuò

金文作「𠂉」。
jīn wén zuò

造句示例

人口 (population)：世界有上70億人口了。
rén kǒu　　　　　　shì jiè yǒu shang qīshí yì rén kǒu le

人性 (human nature)：中國有一個偉人叫孟子,他說人性是善良的。
rén xìng　　　　　　zhōng guó yǒu yī gè wěi rén jiào mèng zǐ　tā shuō rén xìng shì shàn liáng de

大

ㄉㄚˋ

dà

文字演變：

一個人正面直立，雙手、雙腳張開的樣子，表現
yí ge rén zhèng miàn zhí lì shuāng shǒu shuāng jiǎo zhāng kāi de yàng zi biǎo xiàn

碩大的身體，本義就是人。如：「夾」、「天」中的「大」都是
shuò dà de shēn tǐ běn yì jiù shì rén rú jiá tiān zhōng de dà dōu shì

人的意思，後借用為大小的「大」。
rén de yì si hòu jiè yòng wéi dà xiǎo de dà

造句示例

成人(adult)：成人就是長大的人，他要自己負起各種責任了。
chéngrén chéng rén jiù shì zhǎng dà de rén tā yào zì jǐ fù qǐ gè zhǒng zé rèn le

大象(elephant)：因為象長得很大，所以人們稱象為大象。
dà xiàng yīn wèi xiàng zhǎng de hěn dà suǒ yǐ rén men chēng xiàng wèi dà xiàng

身 ㄕㄣ

shēn

文字演變：

　　像 一 個 人 側 著 身 體，挺 著 大 肚 子，原 指 人 的 身 體，
xiàng yí ge rén cè zhe shēn tǐ　tǐng zhe dà dù zi　yuán zhǐ rén de shēn tǐ

因 為 懷 孕 者 也 挺 著 肚 子，後 來 也 稱 懷 孕 為「身 孕」
yīn wèi huái yùn zhě yě tǐng zhe dù zi　hòu lái yě chēng huái yùn wéi　shēn yùn

或「有 身」。
huò　yǒu shēn

造句示例

身 體 (body)：愛 護 自 己 的 身 體 也 是 一 種 孝 順 的 表 現。
shēn tǐ　　　　ài hù zì jǐ de shēn tǐ yě shì yī zhǒng xiào shùn de biǎo xiàn

身 孕 (pregnant)：懷 孕 也 被 稱 為 有 身 孕 了。
shēn yùn　　　　huái yùn yě bèi chēng wéi yǒu shēn yùn le

夾 ㄐㄧㄚˊ

jiá

文字演變：

像一個人 雙 腋夾著兩個小孩子。所以「夾」有「夾
xiàng yí ge rén shuāng yì jiá zhe liǎng ge xiǎo hái zi　suǒ yǐ　jiá　yǒu　jiá
帶」的意思。
dài　de yì si

―――― 造句示例 ――――

夾子 (clip)：凡是用 兩 邊把東西固定的都 稱 為夾子。
jiā zì　　　　　fán shì yòng liǎng biān bǎ dōng xi gù dìng de dōu chēng wéi jiā zi
夾板 (splint)：用 兩 層或三 層木板拼合在一起的板子 稱 為夾板。
jiā bǎn　　　　　yòng liǎng céng huò sān céng mù bǎn pīn hé zài yī qǐ de bǎn zi chēng wéi jiā bǎn

夫

ㄈㄨ

fū

文字演變：

42

古代男子到二十歲時，要把頭髮束起來插上簪子，
gǔ dài nán zǐ dào èr shí suì shí　yào bǎ tóu fǎ shù qǐ lái chā shàng zān zi

表示成年了。「夫」是成年的男子，甲骨文寫成「夫」。
biǎo shì chéng nián le　　fū　　shì chéng nián de nán zǐ　　jiǎ gǔ wén xiě chéng

---

造句示例

丈 夫 (husband)：丈 夫 指 的 就 是 老 公 。
zhàng fu　　　　　　zhàng fu zhǐ de jiù shì lǎo gōng

夫妻 (married couple)：老 公 加 老 婆 就 是 夫 妻 。
fū qī　　　　　　　　lǎo gōng jiā lǎo po jiù shì fū qī

奔
ㄅㄣ

bēn

文字演變：

上 面 字 形「大」， 像 人 跑 步 的 樣 子；下 面 是 足 跡，
shàng miàn zì xíng dà xiàng rén pǎo bù de yàng zi xià miàn shì zú jī

畫 三 個「止」，好 像 不 只 兩 腳 在 跑，而 有 三 隻 腳 在 跑 步，
huà sān ge zhǐ hǎo xiàng bù zhǐ liǎng jiǎo zài pǎo ér yǒu sān zhī jiǎo zài pǎo bù

表 示 急 走、快 跑，後 演 變 成「奔」。
biǎo shì jí zǒu kuài pǎo hòu yǎn biàn chéng bēn

=== 造句示例 ===

奔 跑 (run)：早 上 ，我 看 到 一 匹 白 馬 在 大 馬 路 上 奔 跑。
bēn pǎo zǎo shang wǒ kàn dào yī pǐ bái mǎ zài dà mǎ lù shàng bēn pǎo

奔 走 (rush about)：聽 說 明 天 這 裡 限 水，小 方 奔 走 相 告，要 大 家 早
bēn zǒu tīng shuō míng tiān zhè lì xiàn shuǐ xiǎo fāng bēn zǒu xiāng gào yào dà jiā zǎo

些 儲 水。
xiē chǔ shuǐ

立 ㄌ一、

lì

文字演變：

一個人 雙 手 雙 腳 張 開 站 在 地 面 上，即 成「立」
yí ge rén shuāng shǒu shuāng jiǎo zhāng kāi zhàn zài dì miàn shàng　jí chéng　lì

字，也 就 是 身 子 直 立 站 住 的 意 思。古 字 寫 成「企」、「大」、
zì　yě jiù shì shēn zi zhí lì zhàn zhù de yà si　gǒ zì xiě chéng

「大」。

造句示例

立刻 (immediate)：哥哥 喜 歡 說：「我 立 刻 去 辦。」姊姊 喜 歡 說：「我
lì kè　　　　　　gē ge xǐ huan shuō　wǒ lì kè qù bàn　jiě jie xǐ huan shuō　wǒ

馬 上 去 辦。」原 來 立 刻 就 是 馬 上 啊。
mǎ shàng qù bàn　yuán lái lì kè jiù shì mǎ shàng yà

立法 (legislation)：有 了 法 律，許 多 事 都 好 辦，所 以 立 法 是 很 重 要 的。
lì fǎ　　　　　　yǒu le fǎ lù　xǔ duō shì dōu hǎo bàn　suǒ yǐ lì fǎ shì hěn zhòng yào de

並

ㄅ
ㄧ
ㄥ、

bìng

文字演變：

45

像 兩人一起 雙 手 雙 腳 張開站 在地 面 上 ，是 兩個
xiàng liǎng rén yì qǐ shuāng shǒu shuāng jiǎo zhāng kāi zhàn zài dì miàn shàng shì liǎng ge

立字「竝」橫 寫 連起來 ，就 成「並」字。甲骨文寫 成：「𣊣」、
lì zì héng xiě lián qǐ lái jiù chéng bìng zì jiǎ gǔ wén xiě chéng

「𣊣」。

造句示例

並 且 (moreover)：他 不 但 喜 歡 種 菜 ，並且 對 煮 菜 很 有 研 究 。
bìng qiě 　　　　　　　tā bù dàn xǐ huan zhòng cài bìng qiě duì zhǔ cài hěn yǒu yán jiù

並 行 (side by side)：老 師 說 不 要 在 馬 路 上 並 行 ，因 為 這 樣 太 危 險 了 。
bìng xíng 　　　　　　lǎo shī shuō bù yào zài mǎ lù shàng bìng xíng yīn wèi zhè yàng tài wēi xiǎn le

比

bǐ

文字演變：

像 兩 人 一 前 一 後 靠 在 一 起 的 樣 子 。本 意 作「親 密」
xiàng liǎng rén yì qián yí hòu kào zài yì qǐ de yàng zi　　bén yì zuò　　qīn mì

解 ，是 說 彼 此 意 同 心 合 而 主 動 相 近 的 意 思 ；所 以 當
jiě　　shì shuō bǐ cǐ yì tóng xīn hé ér zhǔ dòng xiāng jìn de yì si　　suǒ yǐ dāng

「朋 比」、「比 肩」講 。甲 骨 文 寫 成「ƒƒ」或「ℳ」。
péng bǐ　　　　bì jiān　jiǎng　jiǎ gǔ wén xiě chéng　　　huò

造句示例

比 賽 (competition)：下 星 期 就 要 體 操 比 賽 了 ，這 幾 天 大 家 要 加 緊 練 習 。
bǐ sài　　　　　　　xià xīng qī jiù yào tǐ cāo bǐ sài le　zhè jǐ tiān dà jiā yào jiā jǐn liàn xí

比 較 (Comparison)：你 們 比 較 一 下 誰 長 得 高 。
bǐ jiào　　　　　　　nǐ men bǐ jiào yī xià shuí zhǎng de gāo

北

ㄅㄟˇ

文字演變：

甲骨文寫成「仦」，像兩個人背對著背，
jiǎ gǔ wén xiě chéng　　　　　xiàng liǎng ge rén bèi duì zhe bèi

表示兩個人意見不合、相反。後來多用爲南北方向的
biǎo shì liǎng ge rén yì jiàn bù hé　xiāng fǎn　hòu lái duō yòng wéi nán běi fāng xiàng de

「北」，因此另造「背」字來表示本義。
běi　　yīn cǐ lìng zào　bèi　zì lái biǎo shì běn yì

造句示例

北邊 (north side)：我家在城市北邊的小鎮裡。
běi bian　　　　　　　wǒ jiā zài chéng shì běi biān de xiǎo zhèn lǐ

北極 (the Noth Pole)：地球有南極和北極，那裡是很冷的地方。
běi jí　　　　　　　　dì qiú yǒu nán jí hé běi jí　nà lǐ shì hěn lěng de dì fang

從 ㄘㄨㄥˊ

cóng

文字演變：

像 一 個 人 在 前 面 走 ， 另 一 個 人 跟 著 在 後 面 走 ，
xiàng yí ge rén zài qián miàn zǒu　lìng yí ge rén gēn zhe zài hòu miàn zǒu

有 「 跟 隨 」 的 意 思 。 甲 骨 文 有 向 右 行 或 向 左 行
yǒu　gēn suí　de yì si　jiǎ gǔ wén yǒu xiàng yòu xíng huò xiàng zuǒ xíng

兩 種 寫 法 ， 都 可 以 。 過 去 「 從 」 字 寫 成 「从」 ， 後 來 因 為
liǎng zhǒng xiě fǎ　dōu kě yǐ　guò qù　cóng　zì xiě chéng　　　　hòu lái yīn wèi

「 從 」 有 跟 隨 的 意 思 ， 所 以 加 了 「龰」 （ 止 ， 代 表 腳 ） ， 再 加 個
cóng　yǒu gēn suí de yì si　suǒ yǐ jiā le　　　zhǐ　dài biǎo jiǎo　　zài jiā ge

「彳」 表 示 路 上 ， 就 成 了 「從」 （ 從 ） 字 。
biǎo shì lù shàng　jiù chéng le　　　cóng　zì

造句示例

從 前 (previously)：從 前 就 是 古 時 候 ， 老 師 講 故 事 ， 一 開 始 都 會 說 ：
cáng qián　　　　　　　　cóng qián jiù shì gǔ shí hòu　lǎo shī jiǎng gù shi　yī kāi shǐ dōu huì shuō

從 前 ， 從 前 ⋯⋯
cóng qián　cóng qián

隨 從 (accompany)：大 老 闆 旁 邊 都 會 有 一 個 隨 從 ， 隨 時 聽 候 主 人 的 吩 咐 。
suí cóng　　　　　　　dà lǎo bǎn páng biān dōu huì yǒu yī gè suí cóng　suí shí tīng hòu zhǔrén de fēn fù

交 ㄐㄧㄠ

jiāo

文字演變：

一個人兩隻腳交叉著。就是「交」，後
yí ge rén liǎng zhī jiǎo jiāo chā zhe jiù shì hòu
來演變成爲「交」字，所以「交」字有互相的意思，
lái yǎn biàn chéng wéi zì suǒ yǐ jiāo zì yǒu hù xiāng de yì si
如「校」是兩人對木刻上的文字互相校對，「較」
rú jiào shì liǎng rén duì mù kē shàng de wén zì hù xiāng jiào duì jiào
是相互比較的意思。
shì xiāng hò bǐ jiào de yì si

造句示例

交通 (traffic)：交通是使地方繁榮的重要建設。
jiāotōng jiāo tōng shì shǐ dì fāng fán róng de zhòng yào jiàn shè
交換 (exchange)：我和妹妹交換了裙子，大家都說我穿著好看。
jiāohuàn wǒ hé mèi mei jiāo huàn le qún zi dà jiā dōu shuō wǒ chuān zhe hǎo kàn

化 ㄏㄨㄚˋ

huà

文字演變：

原來只作「ㄥ」，像倒著的人，指人死了，身體必起
yuán lái zhǐ zuò   xiàng dào zhe de rén   zhǐ rén sǐ le   shēn tǐ bì qǐ

變化。後加「人」字在左旁，泛指一切的變化。
biàn huà hòu jiā rén   zì zài zuǒ páng   fàn zhǐ yí qiè de biàn huà

人受教育而變化氣質，叫做「教化」。甲骨文寫成
rén shòu jiào yù ér biàn huà qì zhí   jiào zuò   jiào huà   jiǎ gǔ wén xiě chéng

「ㄦ」，金文作「化」。
            jīn wén zuò

造句示例

化學 (chemistry)：哥哥很高興能考上大學化學系。
huà xué   gē ge hěn gāoxìng néng kǎo shàng dà xué huà xué xì

化石 (fossil)：樹木在地裡經過幾萬年就變成木化石了。
huà shí   shù mù zài dì lǐ jīng guò jǐ wàn nián jiù biàn chéng mù huà shí le

眾
ㄓㄨㄥˋ

zhòng

文字演變：

古代以「三」代表多數，三個人，表示很多人的意思。
gǔ dài yǐ sān dài biǎo duō shù sān ge rén biǎo shì hěn duō rén de yì si

古時寫成「众」。因為看人必須注視其眼睛，所以就加 上
gǔ shí xiě chéng   yīn wèi kàn rén bì xū zhù shì qí yǐn jīng suǒ yǐ jiù jiā shàng

「目」成「眾」，不可寫成「眾」。
mù chéng zhòng   bù kě xiě chéng

=== 造句示例 ===

大 眾 (public)：汽 車 是 一 種 大 眾 的 交 通 工 具。
dà zhòng   qì chē shì yī zhǒng dà zhòng de jiāo tōng gōng jù

觀 眾 (audience)：觀 眾 喜 歡 聽 她 唱 歌。
guān zhòng   guān zhòng xǐ huan tīng tā chàng gē

囚

くーヌ

qiú

文字演變：

52

像 一 個 人 被 關 在 沒 有 門 窗 的 房 內，
xiàng yí ge rén bèi guān zài méi yǒu mén chuāng de fáng nài

所以本義作「拘禁、使人無法脫身」的意思。
suǒ yǐ běn yì zuò jū jìn shǐ rén wú fǎ tuō shēn de yì si

造句示例

囚犯 (prisoner)：囚犯就是犯了罪，關 在牢裡的人。
qiú fàn　　　　　 qiú fàn jiù shì fàn le zuì guān zài láo lǐ de rén

囚禁 (captivity)：做 壞 事被抓了，只 能囚禁在監牢裡了。
qiú jìn　　　　　 zuò huài shì bèi zhuā le zhǐ néng qiú jìn zài jiān láo lǐ le

坐

ㄗ ㄨ ㄛ、

zuò

文字演變：

坐　坐　　坐

53

　　像　兩個人　相　對 坐 在 地 上。土，即 地：古人 席 地 而 坐
　xiàng liǎng ge rén xiāng duì zuò zài dì shàng　tǔ　jí dì　gǔ rén xí dì ér zuò

的 樣子。後來把「坐」字 當 動 詞，如：「坐下」、「坐好」。
de yàng zi　hòu lái bǎ　zuò　zì dāng dòng cí　rú　zuò xià　zuò hǎo

造句示例

坐 位 (seat)：上 車 要 按 照 車 票 上 的 坐 位 坐 好。
zuò wèi　　　shàng chē yào àn zhào chē piào shàng de zuò wèi zuò hǎo

坐 車 (take a bus)：外 婆 家 住 得 很 遠，要 坐 車 才 到 得 了。
zuò chē　　　　wài pó jiā zhù dé hěn yuǎn　yào zuò chē cái dào de liǎo

巫

ㄨ

wū

文字演變：

54

兩 個 人 面 對 面 ， 向 神 祈 求 降 福 ， 叫 「巫」 。 工 ，
liǎng ge rén miàn duì miàn xiàng shén qí qiú jiàng fú jiào wū gōng

即 是 巧 ， 表 示 他 們 的 工 作 很 巧 妙 、 高 明 。
jí shì qiǎo biǎo shì tā men de gōng zuò hěn qiǎo miào gāo míng

---

造句示例

巫婆 (witch)：童 話 故 事 的 巫 婆 都 是 很 壞 的 人 ，為 什 麼 呢 ？
wū pó　　　　　tóng huà gù shì de wū pó dōu shì hěn huài de rén　wèi shén me ne

巫術 (witchcraft)：巫 婆 常 常 是 有 巫 術 的 人 。
wū shù　　　　　　　wū pó cháng cháng shì yǒu wū shù de rén

尸

ㄕ

shī

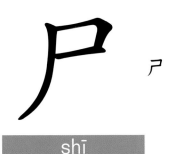

文字演變：

55

　　像 一 個 人 躺 臥 的 形 狀 。 一 個 人 一 臥 不 起 就 是「尸」，
　　xiàng yí ge rén tǎng wò de xíng zhuàng　yí ge rén yí wò bù qǐ jiù shì　shī

是「屍」的 古 字。人 壽 終 正 寢 後 的 軀 體 就 叫 做「尸」。
shì shī de gǔ zì　rén shòu zhōng zhèng qǐn hòu de qū tǐ jiù jiào zuò　shī

「尸」作 爲 其 他 部 首 時，引 申 爲「人」的 意 思。如：「尿」、
shī　zuò wéi qí tā bù shǒu shí　yǐn shēn wéi　rén　de yì si　rú　niào

「屎」等 字。
shǐ　děng zì

造句示例

尸 體 (dead body)：人 死 了，我 們 稱 它 的 身 體 為 尸 體。
shī tǐ　　　　　　　rén sǐ le　wǒ men chēng tā de shēn tǐ wéi shī tǐ

尸 位 素 餐 (hold down a job without doing a stroke of work)：
shī wèi sù cān

　　一 個 人 如 果 只 占 著 位 子 不 做 事 光 領 薪 水，這 叫 尸 位 素 餐。
　　yī ge rén rú guǒ zhǐ zhàn zhe wèi zi bù zuò shì guāng lǐng xīn shui　zhè jiào shī wèi sù cān

死 ㄙˇ

sǐ

文字演變：

56

「卢」是有些變化的人的骨。「死」字用人死後骨頭
shì yǒu xiē biàn huà de rén de gǔ　　sǐ　zì yòng rén sǐ hòu gú tou

有些變化來表現。
yǒu xiē biàn huà lái biǎo xiàn

造句示例

死亡 (dead)：一個人不能呼吸，沒有心跳，這就是死亡。
sǐ wáng　　　　yī ge rén bù néng hū xī　méi yǒu xīn tiào　zhè jiù shì sǐ wáng

死刑 (dead penalty)：一個做惡多端的人被判了死刑，表示不能活在
sǐ xíng　　　　　　yī gè zuò è duō duān de rén bèi pàn le sǐ xíng　biǎo shì bù néng huó zài

這個世界上了。
zhè ge shì jiè shang le

欠

くーㄢ

qiàn

文字演變：

57

古字 像 一 個 人 跪 著，張 大 嘴 巴 呼 氣，即 打 哈 欠。
gǔ zì xiàng yí ge rén guì zhe zhāng dà zuǐ bā hū qì jí dǎ hā qiàn

「欠」是 疲 倦、欠 缺 的 意 思。後 來 演 變 成 一 個 人「儿」
qiàn shì pí juàn qiàn quē de yì si hòu lái yǎn biàn chéng yí ge rén

上 面 加「ㄅ」是 出 氣 的 樣 子，故 寫 成 「欠」。
shàng miàn jiā shì chū qì de yàng zi gù xiě chéng qiàn

造句示例

呵 欠 (yawn)：人 累 了 就 會 打 呵 欠，所 以 到 了 晚 上 我 一 打 呵 欠，
hē qiàn　　rén lèi le jiù huì dǎ hē qian suǒ yǐ dào le wǎn shang wǒ yī dǎ hē qian

媽 媽 就 叫 我 去 睡 覺。
mā ma jiù jiào wǒ qù shuì jiào

欠 錢 (be in dedt)：上 星 期 我 向 姊 姊 借 了 10 塊 錢，今 天 姊 姊 對 我 說
qiàn qián　　shàng xīng qī wǒ xiàng jiě jie jiè le shí kuài qián jīn tiān jiě jie duì wǒ shuō

欠 錢 要 還 錢 哦。
qiàn qián yào huán qián o

休 ㄒ一ㄡ

xiū

文字演變：

「休」像人依靠在大樹旁。人在疲倦時常倚靠
xiàng rén yī kào zài dà shu páng rén zài pí juàn shí cháng yǐ kào

樹木來消除疲乏，所以「休」有休養、休息的意思。
shù mù lái xiāo chú pí fá suǒ yǐ xiū yǒu xiū yǎng xiū xí de yì si

造句示例

休息 (take a rest)：工作累了一定要休息，才不會生病。
xiū xi gōng zuò lèi le yī dìng yào xiū xi cái bù huì shēng bìng

休假 (go on holiday)：爸爸的公司每年都會有兩個星期的休假，
xiū jià bà ba de gōng sī měi nián dōu huì yǒu liǎng gè xīng qī de xiū jià

爸爸休假了就會帶全家去旅行。
bà ba xiū jià le jiù huì dài quán jiā qù lǚ xíng

仙 ㄒㄧㄢ

xiān

文字演變：

59

住 在 山 上 的 人，就 叫「仙」。山 中 清 靜， 古
zhù zài shān shàng de rén jiù jiào xiān shān zhōng qīng jìng gǔ

代 求 長 生 的 人 常 到 山 中 修 道， 就 可 以 不
dài qiú cháng shēng de rén cháng dào shān zhōng xiū dào jiù kě yǐ bù

老、不 死 而 成「仙」。 原 來 寫 成「仚」。
lǎo bù sǐ ér chéng xiān yuán lái xiě chéng

造句示例

神 仙 (a celestial)：從 小 我 就 喜 歡 看 神 仙 的 故 事。
shén xiān   cóng xiǎo wǒ jiù xǐ huan kàn shén xiān de gù shi

仙 境 (a fairyland)：瑞 士 美 得 像 仙 境 一 樣。
xiān jìng   ruì shì měi dé xiàng xiān jìng yī yàng

舞

ㄨˇ

wǔ

文字演變：

一個人張開雙足，兩手拿著羽毛在跳舞，「舛」
yí ge rén zhāng kāi shuāng zú　liǎng shǒu ná zhe yǔ máo zài tiào wǔ　　chuǎn

是兩隻腳的意思。跳舞最重要的是雙足的移動，
shì liǎng zhī jiǎo de yì si　tiào wǔ zuì zhòng yào de shì shuāng zú de yí dòng

所以誇張兩隻腳，下面加了「舛」，表示雙腳。
suǒ yǐ kuā zhāng liǎng zhī jiǎo　xià miàn jiā le　chuǎn　　biǎo shì shuāng jiǎo

---

造句示例

跳舞 (dance)：妹妹喜歡跳舞，我喜歡唱歌。
tiào wǔ　　　　mèi mei xǐ huan tiào wǔ　wǒ xǐ huan chàng gē

舞臺 (a stage for preforming)：姊姊一站上舞臺就精力充沛。
wǔ tái　　　　　　　　　　　jiě jie yī zhàn shàng wǔ tái jiù jīng lì chōng pèi

60

流 ㄌㄧㄡˊ

liú

文字演變：

流是水（氵）加（㐬）。㐬，字形上面「㐬」像小，下面
liú shì shuǐ　　jiā　　　　liú　zì xíng shàng miàn　　　xiàng xiǎo　xià miàn

「川」是水流，其本義是母親生胎兒先破水，小孩順
　　　shì shuǐ liú　　qí běn yì shì mǔ qīn shēng tāi ér xiān pò shuǐ　xiǎo hái shùn

著羊水生下來，所以有下垂或蜿蜒而下的意思。㐬加上水
zhe yáng shuǐ shēng xià lái　suǒ yǐ yǒu xià chuí huò wǎn yán ér xià de yì si　liú jiā shàng shuǐ

（氵）部成了「流水」的流字。
bù chéng le　　liú shuǐ　de liú zì

造句示例

流水 (running water)：走進森林，我喜歡聽小溪流水的聲音。
liú shuǐ　　　　　　　zǒu jìn sēn lín　wǒ xǐ huan tīng xiǎo xī liú shuǐ de shēng yīn

流動 (flow)：媽媽說水只要流動就不會發臭，人也要常常運動
liú dòng　　　mā ma shuō shuǐ zhǐ yào liú dòng jiù bù huì fā chòu　rén yě yào cháng cháng yùn dòng

才會身體健康。
cái huì shēn tǐ jiàn kāng

兇

ㄒㄩㄥ

xiōng

文字演變：

  凶

「兇」像人在「凶」下，「凶」是人跌進坑洞裡的形
xiōng xiàng rén zài xiōng xià　xiōng shì rén dié jìn kēng dòng lǐ de xíng

狀。一個人不小心跌進坑洞裡，將有不幸的事情發
zhuàng　yí ge rén bù xiǎo xīn dié jìn kēng dòng lǐ　jiāng yǒu bú xìng de shì qíng fā

生，就是「凶」。「凶」下加個「人」，就是會帶給人災難
shēng　jiù shì xiōng　xiōng xià jiā gè rén　jiù shì huì dài gěi rén zāi nàn

的人，指凶惡的人。凶是指危險的地方，兇是指凶
de rén　zhǐ xiōng è de rén　xiōng shì zhǐ wéi xiǎn de dì fāng　xiōng shì zhǐ xiōng

惡危險的人物。
è wéi xiǎn de rén wù

造句示例

凶 手 (murderer)：警察很快就抓到殺人的凶手了。
xiōng shǒu　　　　　jǐng chá hěn kuài jiù zhuā dào shā rén de xiōng shǒu le

凶 器 (muder weapon)：殺人的工具被稱為凶器。
xiōng qì　　　　　　shā rén de gōng jù bèi chēng wéi xiōng qì

光 ㄍㄨㄤ

guāng

文字演變：

63

「光」像火在人上，由於火在人上頭，照到的範
guāng xiàng huǒ zài rén shàng yóu yú huǒ zài rén shàng tou zhào dào de fàn
圍又廣又遠，被照到的東西也會很清楚；所以「光」
wéi yòu guǎng yòu yuǎn bèi zhào dào de dōng xī yě huì hěn qīng chǔ suǒ yǐ guāng
的本義就是明亮的意思。
de běn yì jiù shì míng liàng de yì si

造句示例

光 明 (light)：老師說人要多讀書才有光明的前程。
guāng míng lǎo shī shuō rén yào duō dú shū cái yǒu guāng míng de qián chéng

光 芒 (rays of light)：晚會上雷射燈一打，舞臺上就發出美麗的
guāng máng wǎn huì shang léi shè dēng yī dǎ wǔ tái shàng jiù fā chū měi lì de
光 芒。
guāng máng

先 ㄒㄧㄢ

xiān

文字演變：

下半是「人」，上半「止」是一隻腳。腳在人的上面，
xià bàn shì rén shàng bàn shì yì zhī jiǎo jiǎo zài rén de shàng miàn

像走在他人的前面，就是「先」字。這也是會意字，從字
xiàng zǒu zài tā rén de qián miàn jiù shì xiān zì zhè yě shì huì yì zì cóng zì

形判斷它的意思。
xíng pàn duàn tā de yī sī

造句示例

先 生 (mister)：「先 生」是對男性禮貌的稱呼。
xiān sheng xiān sheng shì duì nán xìng lǐ mào de chēng hu

領 先 (lead)：球場上正在打籃球，駝鳥隊目前領先紅獅隊兩分。
lǐng xiān qiú chǎng shàng zhèng zài dǎ lán qiú tuó niǎo duì mù qián lǐng xiān hóng shī duì liǎng fēn

鬥

ㄉ
ㄡˋ

dòu

文字演變：

像 兩 個 戴 著 羽 冠 的 武 士，各 持 兵 器 在 打 架，就 是
xiàng liǎng ge dài zhe yǔ guàn de wǔ shì   gè chí bīng qì zài dǎ jià   jiù shì

「鬥」。「鬥」字是強調兩隻搏鬥的手。
dòu   zì shì qiáng diào liǎng zhī bó dòu de shǒu

65

造句示例

打鬥 (to fight)：兩 隻 公 鷄 在 草 地 上 打 鬥 起 來 了。
dǎ dòu   liǎng zhǐ gōng jī zài cǎo dì shàng dǎ dòu qǐ lái le

鬥嘴 (to quarrel)：姊 姊 和 哥 哥 吵 架，老 媽 在 一 旁 說：你 們 不 要
dòuzuǐ   jiě jie hé gē ge chǎo jià   lǎo mā zài yī páng shuō   nǐ men bù yào

鬥 嘴 了 好 嗎？
dòu zuǐ le hǎo ma

鬼

ㄍㄨㄟˇ

guǐ

文字演變：

像人死後頭部怪異變形 狀。甲骨文寫成「鬼」、「鬼」
xiàng rén sǐ hòu tóu bù guài yì biàn xíng zhuàng　　jiǎ gǔ wén xiě chéng

（像大頭的人），後來加上尾巴，增強詭怪的形象。
xiàng dà tóu de rén　　hòu lái jiā shàng wěi ba　　zēng qiáng guǐ guài de xíng xiàng

---

造句示例

鬼神 (ghosts & gods)：孔子說我們要敬鬼神而遠之。
guǐ shén　　　　　　　　kǒng zǐ shuō wǒ men yào jìng guǐ shén ér yuǎn zhī

惡鬼 (evil spirit)：有些人心地不好就像是惡鬼一般，真是可怕。
è guǐ　　　　　　　yǒu xiē rén xīn dì bù hǎo jiù xiàng shì è guǐ yī bān　zhēn shi kě pà

父

ㄈㄨˋ

fù

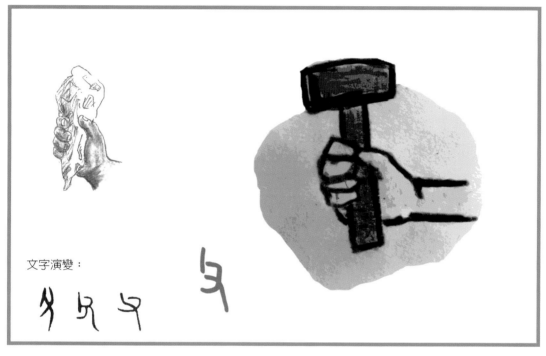

文字演變：

像一隻手拿著某樣象徵權威的東西，在父系社會
xiàng yì zhī shǒu ná zhe mǒu yàng xiàng zhēng quán wēi de dōng xī　zài fù xì shè huì

中 ，就用它來代表「父親」的意思。
zhōng　jiù yòng tā lái dài biǎo　fù qīn　de yì si

67

造句示例

父親 (father)：父親是很有權威的人。
fù qīn　　　　　fù qīn shì hěn yǒu quán wēi de rén

祖父 (grandfather)：父親的父親就是我的祖父。
zǔ fù　　　　　　　fù qīn de fù qīn jiù shì wǒ de zǔ fù

孝

ㄒ一ㄠˋ

xiào

文字演變：

像一個小孩面對一位老人的情態。「孝」從「耂」、
xiàng yí ge xiǎo hái miàn duì yí wèi lǎo rén de qíng tài   xiào   cóng

從「子」。
cóng zǐ

「耂」為老的上部。老就是父母親等尊長，
wéi lǎo de shàng bù   lǎo jiù shì fù mǔ qīn děng zūn zhǎng

善於事奉父母尊長，使他們高興，就是「孝」的表現。
shàn yú shì fèng fù mǔ zūn zhǎng   shǐ tā men gāo xìng   jiù shì   xiào   de biǎo xiàn

造句示例

孝順 (filial piety)：順從父母的意思，就是孝順的表現。
xiào shùn   shùn cóng fù mǔ de yì si   jiù shì xiào shùn de biǎo xiàn

孝子 (filial son)：孝順父母的人我們稱為「孝子」。
xiào zǐ   xiào shùn fù mǔ de rén wǒ men chēng wéi   xiào zǐ

女

ㄋㄩˇ

nǚ

文字演變：

像 一 人 雙 手 交 錯 跪 著，古 代 女 子 的 坐 姿。後 演 變 成
xiàng yì rén shuāng shǒu jiāo cuò guì zhe   gǔ dài nǚ zǐ de zuò zī   hòu yǎn biàn chéng

「𡥏」，而 拉 直 筆 畫 就 成 了「女」字。
ér lā zhí bǐ huà jiù chéng le   nǚ   zì

造句示例

女兒 (daughter)：我 的 女 兒 長 得 又 高 又 漂 亮。
nǚ ér   wǒ de nǚ ér zhǎng de yòu gāo yòu piào liang

女性 (female)：女 生 也 可 以 稱 為 女 性，相 對 的 男 生 就 是 男 性 了。
nǚ xìng   nǚ shēng yě kě yǐ chēng wéi nǚ xìng   xiāng duì de nán shēng jiù shì nán xìng le

妥 ㄊㄨˇ
tuǒ

文字演變：

從「爪」和「女」，像一隻手按住一位跪著的女子，
cóng zhuǎ hàn nǚ　　xiàng yì shuāng shǒu àn zhù yí wèi guì zhe de nǚ zǐ

使她安分，所以「妥」有安好的意思。
shǐ tā ān fèn　suǒ yǐ　tuǒ　yǒu ān hǎo de yì si

造句示例

妥當 (suitable)：每樣東西都要放置妥當，才不會找不到它。
tuǒ dang　　　　　měi yàng dōng xī dōu yào fàng zhì tuǒ dang　cái bù huì zhǎo bù dào tā

妥協 (compromise)：爸爸是很有原則的人，只要對的都不妥協。
tuǒ xié　　　　　　bà ba shì hěn yǒu yuán zé de rén　zhǐ yào duì de dōu bù tuǒ xié

母
ㄇㄨˇ

mǔ

文字演變：

「母」是「女」字加兩點，這兩點表示乳房，
mǔ shì nǚ zì jiā liǎng diǎn zhè liǎng diǎn biǎo shì rǔ fáng
是個指事字，指為人母者，可以哺育子女。
shì ge zhǐ shì zì zhǐ wéi rén mǔ zhě kě yǐ bǔ yù zǐ nǚ

造句示例

母親 (mother)：母親節快到了，我要買禮物送給媽媽。
mǔ qīn mǔ qīn jié kuài dào le wǒ yào mǎi lǐ wù sòng gěi mā ma

母愛 (mother's love)：母愛無私，是天下最偉大的愛。
mǔ ài mǔ ài wú sī shì tiān xià zuì wěi dà de ài

妻
ㄑㄧ

qī

文字演變：

像 女 人 手 拿 著 頭 飾 插 在 髮 上 的 樣 子。 古 代 女
xiàng nǔ rén shǒu ná zhe tóu shì chā zài fǎ shàng de yàng zi　　gǔ dài nǔ

子 出 嫁 前 要 加「笄」等 首 飾，表 示 爲 人 妻 的 意 思。
zǐ chū jià qián yào jiā　　　děng shǒu shì　biǎo shì wéi rén qī de yì si

---

造句示例

妻子 (wife)：太 太 又 稱 為「妻子」。
qī zi　　　　　tài tai yòu chēng wéi　qī zǐ

夫妻 (married couple)：結 婚 後 的 男 女，被 稱 為 夫 妻。
fū qī　　　　　　　　jié hūn hòu de nán nǔ　bèi chēng wéi fū qī

帚

ㄓㄡˇ

zhǒu

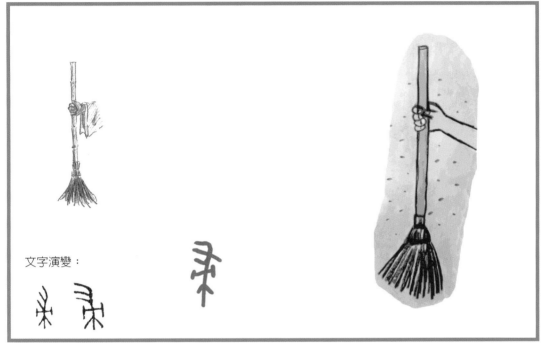

文字演變：

像 一 隻 手 握 著 掃 把 的 樣 子。
xiàng yì zhī shǒu wò zhe sào bǎ de yàng zi

—— 造句示例 ——

掃 帚 (broom)：掃 帚 是 掃 地 的 工 具。
sào zhou　　　　　sào zhou shì sǎo dì de gōng jù

兒 儿ˊ

ér

文字演變：

上　面　像　嬰　孩　頭　囟「🧠」（腦　蓋）未　合　的
shàng miàn xiàng yīng hái tóu xìn　　　　　nǎo gài wèi hé de
樣　子。嬰　兒　頭　部　比　例　最　大，所　以　強　調　大　頭。「兒」
yàng zi yīng ér tóu bù bǐ lì zuì dà suǒ yǐ qiáng diào dà tóu　　ér
是　小　孩　的　通　稱。
shì xiǎo hái de tōng chēng

　　字　形　中　有「儿」的　都　有「人」的　意　思，如：「兄」、
zì xíng zhōng yǒu ér de dōu yǒu rén de yì si rú　　xiōng
「元」、「兒」、「先」、「光」等　等。
yuán　　mào　　xiān　　guāng děng děng

―――――――― 造句示例 ――――――――

兒童 (child)：保　護　兒　童　是　每　一　個　大　人　的　責　任。
ér tóng　　　bǎo hù ér tóng shì měi yī gè dà rén de zé rèn
兒戲 (kid games)：做　每　一　件　事　都　要　認　真　去　做，不　可　以　當　兒　戲　一　般。
ér xì　　　zuò měi yī jiàn shì dōu yào rèn zhēn qù zuò bù kě yǐ dàng ér xì yī bān

子 ㄗˇ

zǐ

文字演變：

襁 褓 中 的 嬰 孩，就 是 「子」。 襁 褓 中 的 嬰 兒，
qiǎng bǎo zhōng de yīng hái　jiù shì　zǐ　　qiǎng bǎo zhōng de yīng ér

手 、腳、身 均 爲 衣 布 所 包，頭 在 全 身 當 中 所 占 的 比
shǒu　jiǎo　shēn jūn wéi yī bù suǒ bāo　tóu zài quán shēn dāng zhōng suǒ zhàn de bǐ

例 更 大，所 以 此 字 特 別 誇 大 頭 部。
lì gèng dà　suǒ yǐ cǐ zì tè bié kuā dà tóu bù

造句示例

子女 (children)：所 有 的 父 母 都 愛 自 己 的 子 女。
zǐ nǚ　　　　　　　　suǒ yǒu de fù mǔ dōu ài zì jǐ de zǐ nǚ

孔 子 (Confucius)：孔 子 是 中 國 偉 大 的 教 育 家。
kǒng zǐ　　　　　　　kǒng zǐ shì zhōng guó wěi dà de jiào yù jiā

孕

ㄩㄣˋ

yùn

文字演變：

像 婦 人 腹 中 懷 子 的 形 狀 。 「乃」 ， 上 像 胸 ，
xiàng fù rén fù zhōng huái zǐ de xíng zhuàng　　nǎi　　shàng xiàng xiōng

下 像 腹 ； 孕 婦 肚 子 比 胸 部 更 突 出 ， 所 以 「孕」 上 從
xià xiàng fù　　yùn fù dù zi bǐ xiōng bù gèng tú chū　suǒ yǐ　yùn　shàng cóng

「乃」 ， 腹 中 有 小 孩 ， 下 面 是 「子」 。
nǎi　　fù zhōng yǒu xiǎo hái　　xià miàn shì　zǐ

造句示例

懷 孕 (pregnancy)：姊姊 結 婚 不 到 一 年 就 懷 孕 了 ，大 家 都 很 高 興 。
huái yùn　　　　　　　jiě jie jié hūn bù dào yī nián jiù huái yùn le　dà jiā dōu hěn gāo xìng

孕 育 (pregnant)：孕 育 一 個 小 孩 是 很 辛 苦 的 事 。
yùn yù　　　　　　yùn yù yī gè xiǎo hái shì hěn xīn kǔ de shì

爪

ㄓㄨㄚˇ

zhuǎ

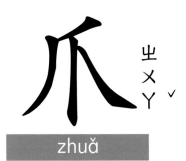

文字演變：

像 人 的 手 向 下 抓 取 的 樣 子，也 像 鳥 爪。
xiàng rén de shǒu xiàng xià zhuā qǔ de yàng zi yě xiàng niǎo zhuǎ

「爪」當 偏 旁 時，寫 成「爫」，如：孚、舀、爭 等，
zhuǎ dāng piān páng shí xiě chéng rú fú yǎo zhēng děng

都 與 爪 有 關 係。
dōu yǔ zhuǎ yǒu guān xì

造句示例

爪 子 (claw)：小 貓 有 很 利 的 爪 子。
zhuǎ zi xiǎo māo yǒu hěn lì de zhuǎ zi

爪 印 (Paw print)：下 雪 後，地 上 留 下 許 多 動 物 的 爪 印。
zhuǎ yìn xià xuě hòu dì shang liú xià xǔ duō dòng wù de zhuǎ yìn

爭

ㄓㄥ
zhēng

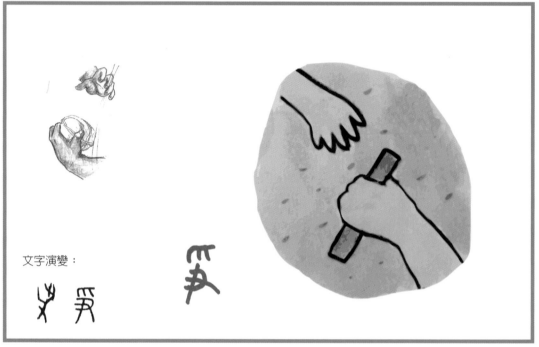

文字演變：

這是指上面一隻手「爪」下面一隻手「ㄨ」在爭
zhè zhì zhǐ shàng miàn yī zhī shǒu　　　xià miàn yì zhī shǒu　　zài zhēng

奪一個東西「／」，有搶奪的意思。
duó yí ge dōng xī　　　yǒu qiǎng duó de yì si

造句示例

爭　奪 (fight over)：哥哥努力練球，為了爭奪下次比賽的冠軍寶座。
zhēng duó　　　　　gē ge nǔ lì liàn qiú　wèi le zhēng duó xià cì bǐ sài de guàn jūn bǎo zuò

爭　論 (debate)：為了是先有雞還是先有蛋，大華和小天爭論不休。
zhēng lùn　　　　　wèi le shì xiān yǒu jī hái shi xiān yǒu dàn　dà huá hé xiǎo tiān zhēng lùn bù xiū

舀

ㄧㄠˇ

yǎo

文字演變：

「爪」是 手，「臼」是 盛 物 器；「舀」是 指 用 手 在 臼
zhǎo　　shì shǒu　　jiù　　shì chéng wù qì　　　 yǎo　 shì zhǐ yòng shǒu zài jiù

裡 取 物。凡 從「舀」的 字 都 收 ㄠ 韻。如：滔（海 浪 滔 滔）、
lǐ　 qǔ wù　 fán cóng　 yǎo　 de zì dōu shōu ao yùn　　rú　 tāo　　hǎi làng tāo tāo

稻（稻 米）、蹈（舞 蹈）。
dào　 dào mǐ　　 dào　 wǔ dào

造句示例

舀 水 (scoop the water)：古 人 用 晒 乾 的 葫 瓜 來 舀 水。
yǎo shuǐ　　　　　　　　　　gǔ rén yòng shài gān de hú guā lái yǎo shuǐ

臽

ㄒ一ㄢˋ

xiàn

文字演變：

像 一 個 人 要 掉 入 陷 阱 裡 的 樣 子。它 的 原 義 就 是
xiàng yí ge rén yào diào rù xiàn jǐng lǐ de yàng zi　tā de yuán yì jiù shì

掉 入 陷 阱 的 人，後 來 加 了「阝」旁，表 示 掉 入 很 深 的
diào rù xiàn jǐng de rén　hòu lái jiā le　fù　páng　biǎo shì diào rù hěn shēn de

坑 洞 裡。從「臽」的 字 都 有 被 包 裹 的 意 思。凡 從「臽」
kēng dòng lǐ　cóng　xiàn　de zì dōu yǒu bèi bāo guǒ de yì si　fán cóng　xiàn

的 字 都 收 ㄢ 韻。如 陷（陷 阱）、焰（火 焰）、餡（內 餡）。
de zì dōu shōu an yùn　rú xiàn　xiàn jǐng　　yàn　huǒ yàn　　xiàn　nèi xiàn

造句示例

陷入 (get caugh up in)：古 人 寫 臽 入，現 在 人 寫 陷 入，這 兩 個 字 古 時 候 是
xiàn rù
gǔ rén xiě xiàn rù　xiàn zài rén xiě xiàn rù　zhè liǎng ge zì gǔ shí hòu shì

同 一 個 字 呢。
tóng yī gè zì ne

受

ㄕ
ㄡˋ

shòu

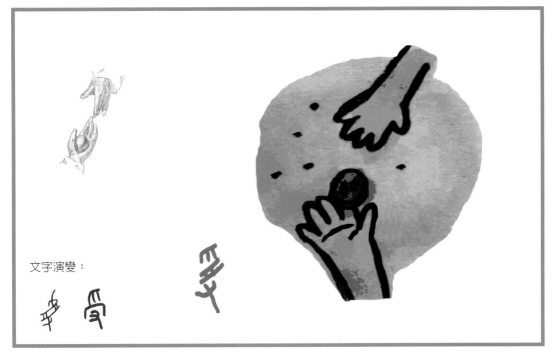

文字演變：

把一個東西拿給另一個人，是「受」字。上面的手是
bǎ yí ge dōng xī ná gěi lìng yí ge rén shì shòu zì shàng miàn de shǒu shì
施給，下面的手是接受。中間的「冖」表示一件東西。
shī gěi xià miàn de shǒu shì jiē shòu zhōng jiān de biǎo shì yí jiàn dōng xī
原指「接受」，後表示給人的另創「授」字。
yuán zhǐ jiē shòu hòu biǎo shì gěi rén de lìng chuàng shòu zì

造句示例

感受 (feeling)：那人講話不加思考，都不關心別人的感受。
gǎn shòu nà rén jiǎng huà bù jiā sī kǎo dōu bù guān xīn bié rén de gǎn shòu

接受 (accept)：我們要接受老師的教導，才能學得又快又好。
jiē shòu wǒ men yào jiē shòu lǎo shī de jiào dǎo cái néng xué de yòu kuài yòu hǎo

采 ㄘㄞˇ

cǎi

文字演變：

82

像一隻手摘取樹上的果實。「采」是「採」
xiàng yì zhī shǒu zhāi qǔ shù shàng de guǒ shí　cǎi　shì　cǎi

的本字。後來「采」被借去當文采，動詞的「采」
de běn zì　hòu lái　cǎi　bèi jiè qù dāng wén cǎi　dòng cí de　cǎi

則再加上一個提手旁。「彩」，采聲，有修飾、
zé zài jiā shàng yí ge tí shǒu páng　cǎi　cǎi shēng yǒu xiū shì

美化之意，故有色彩、精采等等的用詞。
měi huà zhī yì　gù yǒu sè cǎi　jīng cǎi děng děng de yòng cí

造句示例

文采 (literary talent)：姊姊會寫詩，會畫畫，爸爸說她很有文采。
wén cǎi　　　　　　　jiě jie huì xiě shī huì huà huà bà ba shuō tā hěn yǒu wén cǎi

喝采 (applause)：哥哥在舞臺一開口唱歌就聽到觀眾的喝采。
hè cǎi　　　　　　gē ge zài wǔ tái yī kāi kǒu chàng gē jiù tīng dào guān zhòng de hè cǎi

手　ㄕ
　　ㄡˇ

shǒu

文字演變：

　　像 一 隻 手 五 指 伸 開 來 的 形 狀 ，「手」當 字 的
　　xiàng yì zhī shǒu wǔ zhǐ shēn kāi lái de xíng zhuàng 　　shǒu dāng zì de
左 偏 旁 時 ，是〔扌〕。如：「拍」、「打」、「捕」。
zuǒ piān páng shí 　shì shǒu 　　rú 　　pāi 　　dǎ 　　bǔ

━━━━━━━━ 造句示例 ━━━━━━━━

手 語 (sign language)：啞 巴 無 法 說 話 ，只 能 用 手 語 表 達 意 思 了 。
shǒu yǔ 　　　　　　　yǎ bā wú fǎ shuō huà 　zhǐ néng yòng shǒu yǔ biǎo dá yì si le
手 錶 (watch)：我 畢 業 了 ，爺 爺 送 我 一 個 漂 亮 的 手 錶 。
shǒu biǎo 　　　　wǒ bì yè le 　 yé ye sòng wǒ yī gè piào liang de shǒu biǎo

83

又

一ㄡˋ

yòu

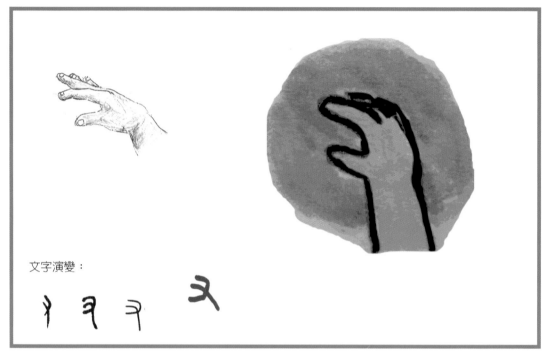

文字演變：

「手」有好幾種寫法，如：「又」、「ㄋ」、「爪」、「屮」
shǒu yǒu hǎo jǐ zhǒng xiě fǎ rú

都是。寫成「又」字像由側面看手腕和手指的形狀；
dōu shì xiě chéng yòu zì xiàng yóu cè miàn kàn shǒu wàn hàn shǒu zhǐ de xíng zhuàng

由於側視，只見拇指、食指、中指等三指，來代表五指。所
yóu yú cè shì zhǐ jiàn mǔ zhǐ shí zhǐ zhōng zhǐ děng sān zhǐ lái dài biǎo wǔ zhǐ suǒ

以字形上有「又」的字大都與手有關係，如受、殳、友、爰。
yǐ zì xíng shàng yǒu de zì dà dōu yǔ shǒu yǒu guān xì rú shòu shū yǒu yuán

現在「又」有「再」的意思。
xiàn zài yòu yǒu zài de yì si

造句示例

又高又大 (high and big)：表哥幾年不見，現在長得又高又大了。
yòu gāo yòu dà　　　　　　biǎo gē jǐ nián bù jiàn xiàn zài zhǎng de yòu gāo yòu dà le

又是 (again)：昨天下雪，今天又是下雪天。
yòu shì　　　zuó tiān xià xuě jīn tiān yòu shì xià xuě tiān

有
ㄧ
ㄡˇ

yǒu

文字演變：

像 用 手 「ㄨ」 持 肉，表 示 擁 有 了 物 品。
xiàng yòng shǒu　　　chí ròu　biǎo shì yōng yǒu le wù pǐn

造句示例

持有 (hold)：表 哥 才 大 學 畢 業，就 持 有 兩　張　美 髮 美 容 的　證　書 了。
chí yǒu　　　　biǎo gē cái dà xué bì yè　jiù chí yǒu liǎng zhāng měi fà měi róng de zhèng shū le

富有 (rich)：伯 父 是 村 子 裡 最 富 有 的 人。
fù yǒu　　　　bó fù shì cūn zi lǐ zuì fù yǒu de rén

左

ㄗㄨㄛˇ

zuǒ

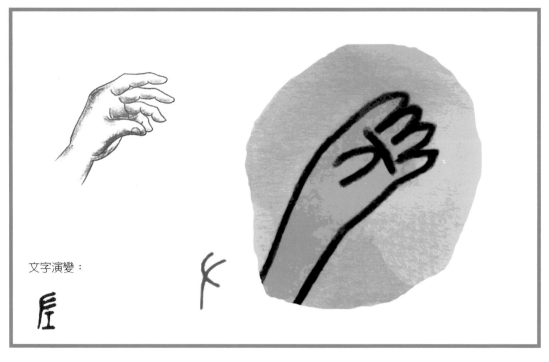

文字演變：

古字形像一隻手的形狀。後加上巧「工」旁，
gǔ zì xíng xiàng yì zhī shǒu de xíng zhuàng　hòu jiā shàng qiǎo　gōng　páng

表示佐助得很好，事情做得更精巧、完美。
biǎo shì zuǒ zhù de hěn hǎo　shì qíng zuò de gèng jīng qiǎo　wán měi

造句示例

左手 (left hand)：昨天我的左手受傷了，今天還不能動呢。
zuǒ shǒu　　　　　zuó tiān wǒ de zuǒ shǒu shòu shāng le　jīn tiān hái bù néng dòng ne

左邊 (left)：你只要從左邊的巷子進去，就可以買到好吃的麵包了。
zuǒ biān　　　nǐ zhǐ yào cóng zuǒ biān de xiàng zi jìn qù　jiù kě yǐ mǎi dào hǎo chī de miàn bāo le

右

ㄧ
ㄡ
ˋ

yòu

文字演變：

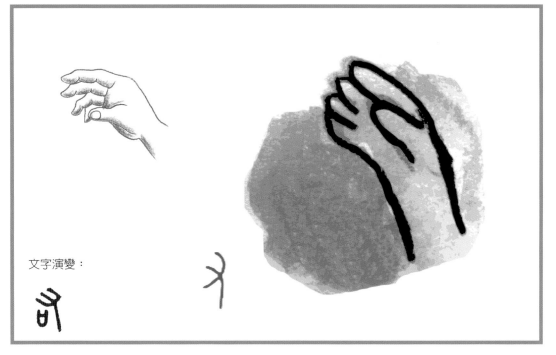

古 字 像 人 的 右 手 形 狀 。 後 加 「 口 」 旁 ，
gǔ zì xiàng rén de yòu shǒu xíng zhuàng hòu jiā kǒu páng

表 用 言 語 協 助 解 決 問 題 ， 即 「 佑 」 字 初 義 。
biǎo yòng yán yǔ xié zhù jiě jué wèn tí jí yòu zì chū yì

═══ 造句示例 ═══

右 手 (right hand)：我 都 用 右 手 寫 字 ， 只 有 弟 弟 用 左 手 寫 字 。
yòu shǒu wǒ dōu yòng yòu shǒu xiě zì zhǐ yǒu dì di yòng zuǒ shǒu xiě zì

右 邊 (right)：右 手 的 方 向 我 們 就 說 是 右 邊 。
yòu biān yòu shǒu de fāng xiàng wǒ men jiù shuō shì yòu biān

友

一ㄡˇ

yǒu

文字演變：

兩 隻 手，一 隻 是 自 己 的 手，一 隻 是 朋 友 的 手，
liǎng zhī shǒu　 yì zhī shì zì jǐ de shǒu　 yī zhī shì péng yǒu de shǒu

兩 隻 手 表 互 相 扶 持、互 相 幫 助 的 意 思。
liǎng zhī shǒu biǎo hù xiāng fú chí　 hù xiāng bāng zhù de yì si

―――――――――――― 造句示例 ――――――――――――

朋 友 (friend)：我 們 都 需 要 朋 友，所 以 對 朋 友 要 好 一 點。
péng you 　　　　　　wǒ men dōu xū yào péng you　 suǒ yǐ duì péng you yào hǎo yī diǎn

友 情 (friendship)：友 情 是 珍 貴 的，要 珍 惜。
yǒu qíng 　　　　　　yǒu qíng shì zhēn guì de　 yào zhēn xī

耳 ㄦˇ

ěr

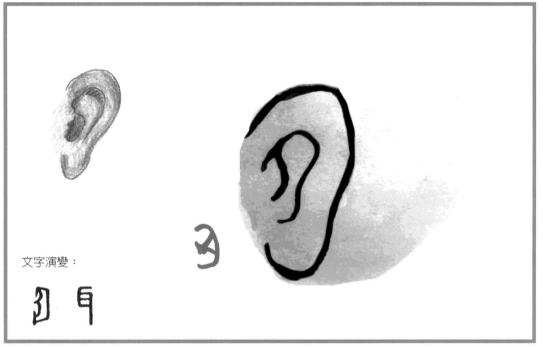

文字演變：

　外　形　像　耳　朵　的　輪　廓，　中　間　是　耳　洞，　　從　耳　朵
　wài xíng xiàng ěr duō de lún kuò　zhōng jiān shì ěr dòng　　cóng ěr duō
的　形　狀　構　造，演　變　成　「耳」字。
de xíng zhuàng gòu zào　yǎn biàn chéng　ěr　zì

造句示例

耳朵 (ear)：人　有　兩　隻　耳　朵　一　張　嘴，所　以　要　多　聽　少　說。
ěr duo　　　　　rén yǒu liǎng zhī ěr duo yī zhāng zuǐ　suǒ yǐ yào duō tīng shǎo shuō
耳環 (earring)：姊　姊　有　許　多　美　麗　的　耳　環。
ěr huán　　　　　jiě jie yǒu xǔ duō měi lì de ěr huán

取

ㄑㄩˇ

qǔ

文字演變：

右 邊 是「又」，左 邊 是「耳」，像 一 隻 手 抓 著 耳 朵，就 是
yòu biān shì   zuǒ biān shì ěr   xiàng yī zhī shǒu zhuā zhe ěr duō jiù shì

「取 走」的 意 思，古 時 戰 爭 以 取 敵 人 耳 朵 來 論 功 行 賞 。
qǔ zǒu   de yì si   gǔ shí zhàn zhēng yǐ qǔ dí rén ěr duō lái lùn gōng xíng shǎng

---

造句示例

取 消 (cancel)：因 為 下 大 雨，今 天 的 露 營 取 消 了。
qǔ xiāo   yīn wèi xià dà yǔ   jīn tiān de lù yíng qǔ xiāo le

取 得 (to obtain)：哥 哥 經 過 兩 年 的 努 力，取 得 了 建 築 師 證 書 了。
qǔ dé   gē ge jīng guò liǎng nián de nǔ lì   qǔ dé le jiàn zhù shī zhèng shū le

筆

ㄅㄧˇ

bǐ

文字演變：

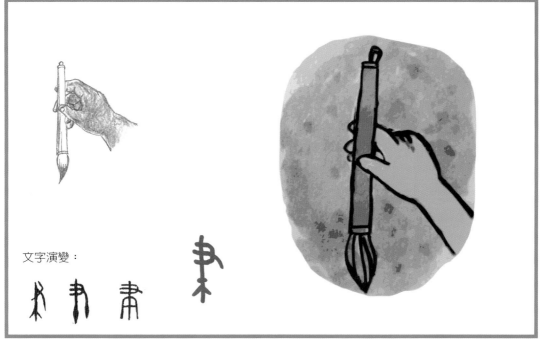

是一隻手握著筆的樣子寫成「聿」。「聿」是「筆」
shì yì zhī shǒu wò zhe bǐ de yàng zi xiě chéng　　yù　　　　yù shì bǐ

的本字。後來「聿」多用於助詞，所以加「竹」頭另造
de běn zì　hòu lái　yù　duō yòng yú zhù cí　suǒ yǐ jiā　zhú tóu lìng zào

「筆」字，因爲筆是竹子做成的。
bǐ　zì　yīn wèi bǐ shì zhú zi zuò chéng de

━━━━━━━━━━━━ 造句示例 ━━━━━━━━━━━━

鉛筆(pencil)：鉛筆裡的筆心是黑色的。
qiān bǐ　　　　qiān bǐ lǐ de bǐ xīn shì hēi sè de

筆直(straight)：把線條畫得很直，我們說是畫了一條筆直的線。
bǐ zhí　　　　bǎ xiàn tiáo huà dé hěn zhí　wǒ men shuō shì huà le yī tiáo bǐ zhí de xiàn

書 ㄕㄨ
shū

文字演變：

是 以 手 握 筆 桿（聿）在 紙 上 寫 出 橫、直
shì yǐ shǒu wò bǐ gǎn yù zài zhǐ shàng xiě chū héng zhí

等 線 條 所 構 成 的 文 字，寫 出 來 的 字，合 成 書。「書」
děng xiàn tiáo suǒ gòu chéng de wén zì xiě chū lái de zì hé chéng shū shū

作 名 詞。在 書 寫 過 程，它 作 動 詞 用，例 如「書 寫」。
zuò míng cí zài shū xiě guò chéng tā zuò dòng cí yòng lì rú shū xiě

造句示例

書 包 (school bag)：弟 弟 上 學 囉，他 一 早 高 興 的 背 上 書 包，
shū bāo　　　　　　　　dì di shàng xué luo　tā yī zǎo gāo xìng de bēi shàng shū bāo

準 備 去 學 校 了。
zhǔn bèi qù xué xiào le

讀 書 (read a book)：讀 書 可 以 增 加 知 識，增 廣 見 聞，做 個 快 樂 的 人。
dú shū　　　　　　　　dú shū kě yǐ zēng jiā zhī shi　zēng guǎng jiàn wén　zuò gè kuài lè de rén

對

ㄉㄨㄟ

duì

文字演變：

「對」是一隻手拿著點燃的蠟燭，下面有燭座，
duì shì yì zhī shǒu ná zhe diǎn rán de là zhú xià miàn yǒu zhú zuò

表示向著燭光，有面對的意思。
biǎo shì xiàng zhe zhú guāng yǒu miàn duì de yì si

後來印刷術發明了，要舉燭做校對的工作。
hòu lái yìn shuā shù fā míng le yào jǔ zhú zuò jiào duì de gōng zuò

造句示例

對了 (correct)：這道題很難，只有他答對了。
duì le zhè dào tí hěn nán zhǐ yǒu tā dá duì le

對不起 (sorry)：做錯事，只要真誠的向對方說「對不起」，
duì bu qǐ zuò cuò shì zhǐ yào zhēn chéng de xiàng duì fāng shuō duì bu qǐ

可以獲得原諒的。
kě yǐ huò dé yuán liàng de

共

ㄍㄨㄥˋ

gòng

文字演變：

　　雙　手　將　物　呈　上　的　意　思，因　雙　手　一　起，
　　shuāng shǒu jiāng wù chéng shàng de yì si　yīn shuāng shǒu yì qǐ

所以當「共同」的意思。
suǒ yǐ dāng　gòng tóng　de yì si

造句示例

共　同 (common)：我 和 姊 姊 有 共 同 的 喜 好，都 喜 歡 看 電 影。
gòng tóng　　　　wǒ hé jiě jie yǒu gòng tóng de xǐ hào　dōu xǐ huan kàn diàn yǐng

一 共 (altogether)：請 問 我 買 的 魚 和 蝦 一 共 多 少 錢？
yī gòng　　　　　qǐng wèn wǒ mǎi de yú hé xiā yī gòng duō shao qián

供

ㄍㄨㄥ

gōng

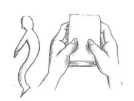

文字演變：

人　從　旁　補　充　供　應　之　意。凡　是　字　有「廾」「六」的，
rén cóng páng bǔ chōng gōng yìng zhī yì　　fán shì zì yǒu　　　　　　　de

（廾）有　雙　手　的　意　思，如「典」（　雙　手　舉　冊）。
　　　　yōu shuāng shǒu de yì si　rú diǎn　　shuāng shǒu jǔ cè

「供」是　兩　隻　手　把　東　西　交　給　人　家。
gōng　shì liǎng zhī shǒu bǎ dōng xī jiāo gěi rén jiā

造句示例

供　應（supply）：軍　人　在　前　方　打　仗，後　方　軍　民　則　要　供　應　糧　食。
gōng yìng　　　　　jūn rén zài qián fāng dǎ zhàng　hòu fāng jūn mín zé　yào gōng yìng liáng shi

供　給（provide）：他　在　國　外　讀　書，衣　食　都　由　父　母　供　給。
gōng jǐ　　　　　　tā zài guó wài dú shū　yī shí dōu yóu fù mǔ gōng jǐ

拱

ㄍㄨㄥˇ

gǒng

文字演變：

強調手的作用，所以雙手托物再加手部。
qiáng diào shǒu de zuò yòng　suǒ yǐ shuāng shǒu tuō wù zài jiā shǒu bù

雙手合起的動作叫「拱手」。
shuāng shǒu hé qǐ de dòng zuò jiào　gǒng shǒu

造句示例

拱門 (arch door)：一種半圓的門稱為拱門。
gǒng mén　　　　　　yī zhǒng bàn yuán de mén chēng wéi gǒng mén

拱手 (cup one's hands in obeisance or greeting)：古時的一種禮儀，雙手
gǒng shǒu　　　　　　　　　　　　　　　　gǔ shí de yī zhǒng lǐ yí　shuāng shǒu
　　　　　　　　　　　　　　　　　　　　合抱稱為拱手。
　　　　　　　　　　　　　　　　　　　　hé bào chēng wéi gǒng shǒu

弄

ㄋㄨㄥˋ

nòng

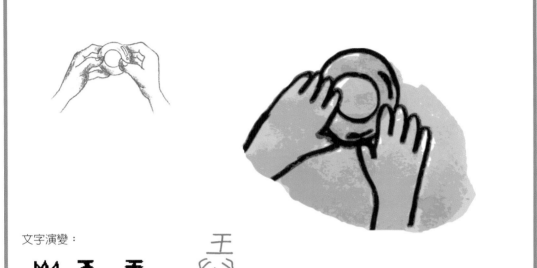

文字演變：

用　雙　手撫摸玉器玩　賞。
yòng shuāng shǒu fǔ mō yù qì wàn shǎng

現在也被借用爲小　巷弄（小道路）。
xiàn zài yě bèi jiè yòng wéi xiǎo xiàngnòng　xiào dào lù

造句示例

玩　弄 (play with)：伯伯平　時喜歡玩弄　掌　中　戲。
wán nòng　　　　　　　bó bo píng shí xǐ huan wán nòng zhǎng zhōng xì

巷　弄 (lane)：大的馬路叫「路」或「街」，路旁的小路就叫「巷　弄」。
xiàng nòng　　　dà de mǎ lù jiào lù huò jiē　lù páng de xiǎo lù jiù jiào xiàng nòng

攵

ㄆㄨ

pū

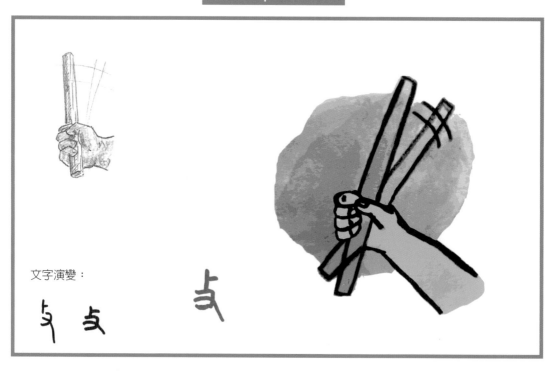

文字演變：

像 手 拿 夏、楚 等 東 西，對 於 不 順 從 者 有 所 動 作，
xiàng shǒu ná jiǎ chǔ děng dōng xī duì yú bú shùn cóng zhě yǒu suǒ dòng zuò

所 以 有 權 威、指 揮 的 含 義。如：「政」、「牧」等 字。「攴」
suǒ yǐ yǒu quán wēi zhǐ huī de hán yì rú zhèng mù děng zì

當 偏 旁 時，多 寫 成 「攵」，有 用 手 執 棒 指 揮 的 意 思。
dāng piān páng shí duō xiě chéng yǒu yòng shǒu zhí bàng zhǐ huī de yì si

98

教

ㄐㄧㄠˋ

jiào

文字演變：

「教」字左邊是「孝」，孝是中華文化中最重要
jiào　zì zuǒ biān shì　xiào　xiào shì zhōng huá wén huà zhōng zuì zhòng yào

的做人原則，右邊「攵」是手拿指示棒或教鞭，表示
de zuò rén yuán zé　yòu biān　pū　shì shǒu ná zhǐ shì bàng huò jiào biān　biǎo shì

父母或老師在教小孩時，手拿教鞭，督促一個孩子學
fù mǔ huò lǎo shī zài jiāo xiǎo hái shí　shǒu ná jiào biān　dū chù yí ge hái zi xué

習知識和做人的道理。
xí zhī shì hàn zuòrén de dào lǐ

造句示例

教育 (education)：人透過教育才能成長懂事，所以教育很重要。
jiào yù　　　　　　rén tòu guò jiào yù cái néng chéng zhǎng dǒng shì　suǒ yǐ jiào yù hěn zhòng yào

教師 (teacher)：從事教育工作的人稱為教師。
jiào shī　　　　　cóng shì jiào yù gōng zuò de rén chēng wéi jiào shī

育

yù

文字演變：

　　像一位婦女，生下一個頭朝下的嬰兒的形狀，
xiàng yí wèi fù nǚ shēng xià yí ge tóu cháo xià de yīng ér de xíng zhuàng

表示「生育」，今寫成「育」。「育」字下面是「月」
biǎo shì shēng yù jīn xiě chéng yù yù zì xià miàn shì ròu

（肉），而非「月」。「育」是把孩子懷抱著愛護他，所以
ròu ér fēi yuè yù shì bǎ hái zi huái bào zhe ài hù tā suǒ yǐ

「教」是督促他，「育」是關愛他，　中國文字要把字
jiāo shì dū cù tā yù shì guān ài tā zhōng guó wén zì yào bǎ zì

義說得很清楚。
yì shuō de hěn qīng chǔ

造句示例

教育 (education)：國家重視教育，才能培養出好國民。
jiào yù　　　　　　　guó jiā zhòng shì jiào yù　cái néng péi yǎng chū hǎo guó mín

生　育 (bring up)：隔壁李媽媽生育了 3 個小孩。
shēng yù　　　　　　gé bì lǐ mā ma shēng yù le sān gè xiǎo hái

力

ㄌ、
一

lì

文字演變：

從 最 早 的 文 字 看 來 像 田 裡 一 種 翻 土 的 農 具，
cóng zuì zǎo de wén zì kàn lái xiàng tián lǐ yì zhǒng fān tǔ de nóng jù

也 就 是「耒」。今 作「犁」。
yě jiù shì lěi jīn zuò lí

造句示例

力量（power）：大 象 是 力 量 很 大 的 動 物。
lì liàng　　dà xiàng shì lì liàng hěn dà de dòng wù

努力（effort）：只 有 努 力 才 能 成 功。
nǔ lì　　zhì yǒu nǔ lì cái néng chéng gōng

男

ㄋㄢˊ

nán

文字演變：

古時候在田裡努力工作的人是「男」人。所以，
gǔ shí hòu zài tián lǐ nǔ lì gōng zuò de rén shì nán rén suǒ yǐ

「男」字從「力」和「田」。甲骨文寫成「𤰔」、「𤰭」。
nán zì cóng lì hàn tián jiǎ gǔ wén xiě chéng

造句示例

男人 (the man)：古代男人都在田裡工作。
nánrén　　　　　　gǔ dài nán rén dōu zài tián lǐ gōng zuò

男子漢 (man)：過去對一個勇武又有責任感的人稱為男子漢。
nán zǐ hàn　　　guò qù duì yī gè yǒng wǔ yòu yǒu zé rèn gǎn de rén chēng wéi nán zǐ hàn

止 ㄓ ˇ

zhǐ

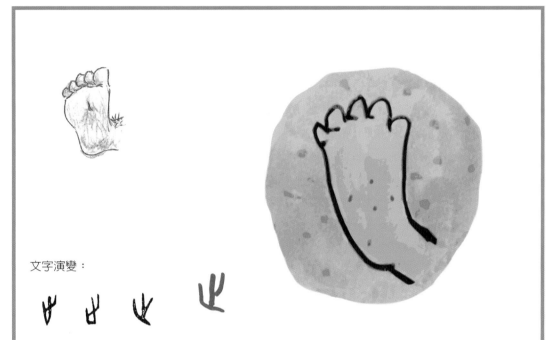

文字演變：

「止」是「趾」的本字，足有五趾，這裡簡化成三趾，
zhǐ shì zhǐ de běn zì zú yǒu wǔ zhǐ zhè lǐ jiǎn huà chéng sān zhǐ

「三」有數目多的意思。以「三」來代表五趾。所以「止」
sān yǒu shù mù duō de yì si yǐ sān lái dài biǎo wǔ zhǐ suǒ yǐ zhǐ

就是腳趾的意思，被借用當「停止」的意思，腳「趾」
jiù shì jiǎo zhǐ de yì si bèi jiè yòng dāng tíng zhǐ de yì si jiǎo zhǐ

就加上足部來表示。
jiù jiā shàng zú bù lái biǎo shì

造句示例

停止 (stop)：停止進步等於是在退步。
tíng zhǐ   tíng zhǐ jìn bù děng yú shì zài tuì bù

止步 (stop)：女生宿舍門前有一個牌子，寫的是男生止步。
zhǐ bù   nǚ shēng sù shè mén qián yǒu yī gè pái zi xiě de shì nán shēng zhǐ bù

正 ^{ㄓㄥˋ}

zhèng

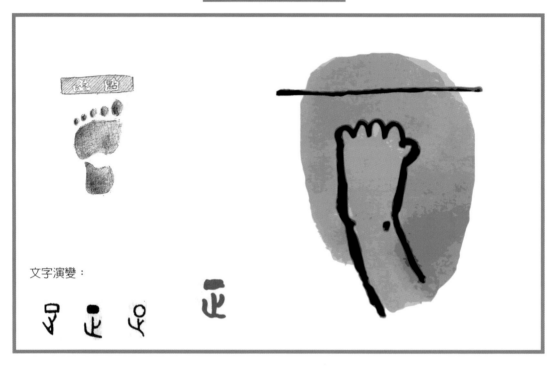

文字演變：

「正」的結構是表示上面一個目標，
zhèng de jié gòu shì biǎo shì shàng miàn yí ge mù biāo

下面是腳趾。在一條直線前止住，或行走在直線上，
xià miàn shì jiǎo zhǐ zài yì tiáo zhí xiàn qián zhǐ zhù huò xíng zǒu zài zhí xiàn shàng

是爲「正」，上面的「一」代表最「完善」的境界，
shì wéi zhèng shàng miàn de yī dài biǎo zuì wán shàn de jìng jiè

下面的「止」是到達的意思，所以「正」是止在一個
xià miàn de zhǐ shì dào dá de yì si suǒ yǐ zhèng shì zhǐ zài yì ge

（一）特定的位置，如果不正就成了「歪」字。
yī tè dìng de wèi zhì rú guǒ bú zhèng jiù chéng le wāi zì

造句示例

正確 (correct)：有了正確的目標，就比較容易成功。
zhèng què yǒu le zhèng què de mù biāo jiù bǐ jiào róng yì chéng gōng

正途 (straight)：正途指的是正確的道路，人走在正途上才不會犯錯。
zhèng tú zhèng tú zhǐ de shì zhèng què de dào lù rén zǒu zài zhèng tú shàng cái bù huì fàn cuò

步 ㄅㄨˋ

bù

文字演變：

「步」上 半 是 左 腳「止」，下 半 是 右 腳「ㄓ」，
bù　　shàng bàn shì zuǒ jiǎo　　　　xià bàn shì yòu jiǎo

一 左 一 右，右 腳 跟 著 左 腳，就 是 一「步」，「步」
yì zuǒ yí yòu　yòu jiǎo gēn zhe zuǒ jiǎo　jiù shì yī bù　　　　bù

的 下 半 是 從 上 半「止」字 的 反 寫，而 不 是「少」；
de xià bàn shì cóng shàng bàn zhǐ zì de fǎn xiě　ér bú shì shǎo

所 以 不 可 寫 成「步」。
suǒ yǐ bù kě xiě chéng bù

造句示例

散 步 (take a walk)：吃 過 晚 飯，爺 爺 有 散 步 的 習 慣。
sàn bù　　　　　　　　chī guo wǎn fàn　yé ye yǒu sàn bù de xí guàn

起 步 (set out)：起 步 就 是 開 始 的 意 思，凡 事 起 步 都 比 較 困 難。
qǐ bù　　　　　　　qǐ bù jiù shì kāi shǐ de yì si　fán shì qǐ bù dōu bǐ jiào kùn nan

足
ㄗㄨˊ

zú

文字演變：

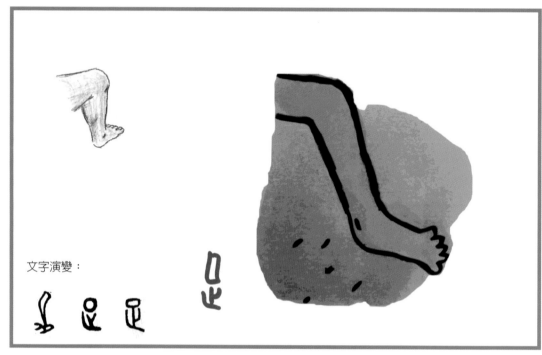

從 膝 蓋 、 小 腿 到 腳 趾 的 形 狀 ， 叫 「足」。 它 表 示 完
cóng xī gài xiǎo tuǐ dào jiǎo zhǐ de xíng zhuàng jiào zú tā biǎo shì wán
整 的 腳 ， 所 以 足 有 「全 部」 和 「完 整」 的 意 思 ， 如 ：
zhěng de jiǎo suǒ yǐ zú yǒu quán bù hàn wán zhěng de yì si rú
充 足 、 足 夠 、 滿 足 等 ， 而 當 「足」 作 爲 字 的 偏 旁 時 ，
chōng zú zú gòu mǎn zú děng ér dāng zú zuò wéi zì de piān páng shí
變 爲 「⻊」， 如 ：「路」 、 「跳」 、 「蹦」 等 。
biàn wéi zú rú lù tiào bèng děng

造句示例

足夠 (enough)：姊 姊 存 了 足 夠 的 錢 ， 可 以 去 英 國 讀 書 了 。
zú gòu jiě jie cún le zú gòu de qián kě yǐ qù yīng guó dú shū le
足跡 (footprint)：凡 走 過 必 定 會 留 下 足 跡 的 。
zú jì fán zǒu guò bì dìng huì liú xià zú jì de

走 ㄗ ㄡˇ

zǒu

文字演變：

像 一 個 人 快 步 走 時， 雙 手 前 後 搖 擺 向 前 進，
xiàng yí ge rén kuài bù zǒu shí shuāng shǒu qián hòu yáo bǎi xiàng qián jìn

就 叫 做「走」，和 它 後 來 的 意 思 不 同。現 在 慢 行 叫「走」，
jiù jiào zuò zǒu hàn tā hòu lái de yì si bù tóng xiàn zài màn xíng jiào zǒu

快 走 則 叫「跑」。
kuài zǒu zé jiào pǎo

───── 造句示例 ─────

走 路 (walk)：小 美 不 到 一 歲，就 想 學 走 路 了。
zǒu lù xiǎo měi bù dào yī suì jiù xiǎng xué zǒu lù le

逃 走 (escape)：小 偷 偷 走 了 別 人 的 錢 就 想 逃 走，最 後 還 是 被 抓 到 了。
táo zǒu xiǎo tōu tōu zǒu le bié rén de qián jiù xiǎng táo zǒu zuì hòu hái shi bèi zhuā dào le

107

出 ㄔㄨ

chū

文字演變：

像 一 隻 腳 從 穴 居 的 山 洞 裡 往 外 走 出，
xiàng yì zhī jiǎo cóng xuè jū de shān dòng lǐ wǎng wài zǒu chū

就 是 外 出 的「出」字。原 來 寫 法 是「出」。
jiù shì wài chū de chū zì yuán lái xiě fǎ shì

造句示例

日出 (sunrise)：海 邊 日 出 的 景 象 特 別 美 麗。
rì chū　　　　　hǎi biān rì chū de jǐng xiàng tè bié měi lì

出外 (go out)：爸 爸 每 天 出 外 工 作，非 常 辛 苦。
chū wài　　　　bà ba měi tiān chū wài gōng zuò fēi cháng xīn kǔ

去 ㄑㄩˋ

qù

文字演變：

上　面　是　一　個　「人」，下　面　的　「凵」是　古　人　所　住
shàng miàn shì yí ge rén　　 xià miàn de　　shì gǔ rén suǒ zhù

洞　穴　的　出　口。就　是　外　出、離　去　的　意　思。
dòng xuè de chū kǒu　 jiù shì wài chū　 lí qù de yì si

━━━━━ 造句示例 ━━━━━

出去 (go out)：小弟最喜歡出去玩了。
chū qù　　　　xiǎo dì zuì xǐ huan chū qù wán le

去世 (pass away)：去世就是離開人世間。每當有人去世，我都會很傷心。
qù shì　　　　 qù shì jiù shì lí kāi rén shì jiān　 měi dāng yǒu rén qù shì　 wǒ dōu huì hěn shāng xīn

目

ㄇ
ㄨˋ

mù

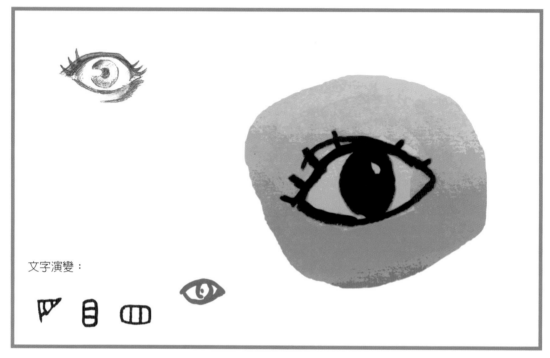

文字演變：

從眼睛的象形文「」演變而來，外面是眼睛的輪廓，
cóng yǎn jīng de xiàng xíng wén　　　　yǎn biàn ér lái　　wài miàn shì yǎn jīng de lún kuò
裡面是眼球。為了方便配合它作偏旁，把橫眼豎寫就成了
lǐ miàn shì yǎn qiú　wèi le fāng biàn pèi hé tā zuò piān páng　bǎ héng yǎn shù xiě jiù chéng le
「目」字。
mù　zì

造句示例

目光 (vision)：爸爸說：人要有遠大的志向，不可目光淺短。
mù guāng　　　　　bà ba shuō　rén yào yǒu yuǎn dà de zhì xiàng　bù kě mù guāng qiǎn duǎn
目標 (goal)：人生目標清楚，就可以按部就班的前進了。
mù biāo　　　　rén shēng mù biāo qīng chu　jiù kě yǐ àn bù jiù bān de qián jìn le

110

眉

méi

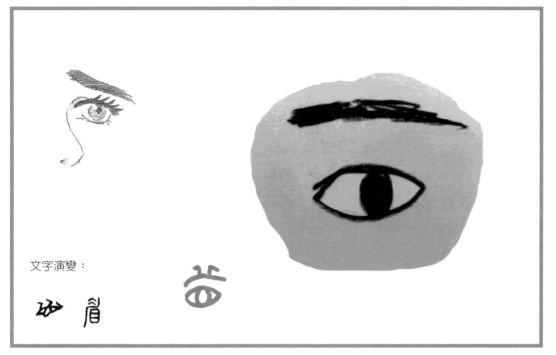

文字演變：

像 眼 睛 上 方 長 著 的 毛 ，就 是 「眉 毛」，它 是 象
xiàng yǎn jīng shàng fāng zhǎng zhe de máo jiù shì méi máo tā shì xiàng

形 文 。
xíng wén

造句示例

眉 毛 (eyebrow)：姊 姊 眉 毛 細 細 長 長 的 很 好 看 。
méi mao jiě jie méi mao xì xì cháng cháng de hěn hǎo kàn

眉 頭 (brows)：爸 爸 只 要 遇 到 困 難 ，眉 頭 就 會 皺 起 來 。
méi tóu bà ba zhǐ yào yù dào kùn nan méi tóu jiù huì zhòu qǐ lai

首

ㄕ
ㄡˇ

shǒu

文字演變：

像 人 面 上 有 頭 髮 形 ， 代 表 頭 。 人 的 頭 在 身 體 最 上
xiàng rén miàn shàng yǒu tóu fǎ xíng dài biǎo tóu rén de tóu zài shēn tǐ zuì shàng

面 ， 人 出 現 時 ， 頭 先 出 現 ， 所 以 引 申 爲 「先」 之 意 。
miàn rén chū xiàn shí tóu xiān chū xiàn suǒ yǐ yǐn shēn wéi xiān zhī yì

造句示例

首 長 (senior official)：首 長 是 一 個 組 織 的 最 高 領 導 人 。
shǒu zhǎng　　　　　　　　　shǒu zhǎng shì yī gè zǔ zhī de zuì gāo lǐng dǎo rén

首 頁 (home page)：首 頁 是 一 本 書 的 第 一 頁 。
shǒu yè　　　　　　　shǒu yè shì yī běn shū de dì yī yè

頁

ㄧ
ㄝ
ˋ

yè

文字演變：

甲骨文「頁」字作「 」，就是首，下半「 」是古文
jiǎ gǔ wén yè zì zuò jiù shì shǒu xià bàn shì gǔ wén

「人」字的變形，好像兩隻腳上面加個大頭，所以「頁」
rén zì de biàn xíng hǎo xiàng liǎng zhī jiǎo shàng miàn jiā ge dà tóu suǒ yǐ yè

字表示人的頭。古時候，「頁」、「首」、「百」是同一字，後
zì biǎo shì rén de tóu gǔ shí hòu yè shǒu shǒu shì tóng yí zì hòu

來各有所屬，而分為三個字；本意都是「頭」的意思。現
lái gè yǒu suǒ shǔ ér fēn wéi sān ge zì běn yì dōu shì tóu de yì si xiàn

在凡是和「頭」相關的字，都以「頁」為部首，如：「頂」、「項」、
zài fán shì hàn tóu xiāng guān de zì dōu yǐ yè wéi bù shǒu rú dǐng xiàng

「領」、「頸」、「頰」、「須」等，都與人的頭部有關係。
lǐng jǐng jiá xū děng dōu yǔ rén de tóu bù yǒu guān xì

造句示例

首頁（home page）：書的首頁總會簡單介紹書的內容。
shǒu yè shū de shǒu yè zǒng huì jiǎn dān jiè shào shū de nèi róng

頁碼（page number）：書的頁碼有的標在書的底下，有的標在書的左右兩邊。
yè mǎ shū de yè mǎ yǒu de biāo zài shū de dǐ xia yǒu de biāo zài shū de zuǒ yòu liǎng biān

看 ㄎㄢˋ

kàn

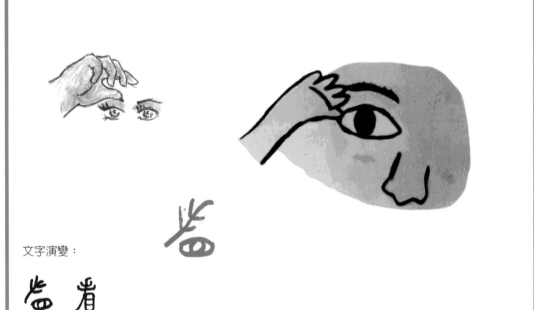

文字演變：

114

字形是上「手」下「目」的組合，人們用手放在額頭
zì xíng shì shàng shǒu xià mù de zǔ hé rén men yòng shǒu fàng zài é tóu
上擋住光線，以集中注意力向遠方眺望，即是
shàng dǎng zhù guāng xiàn yǐ jí zhōng zhù yì lì xiàng yuǎn fāng tiào wàng jí shì
「看」。
kàn

造句示例

看見 (see)：早上，我看見樹上的小鳥正在吃小蟲。
kàn jiàn zǎo shang wǒ kàn jiàn shù shàng de xiǎo niǎo zhèng zài chī xiǎo chóng
看書 (read)：早上精神好，看書特別容易記住。
kàn shū zǎo shang jīng shén hǎo kàn shū tè bié róng yì jì zhù

見

ㄐㄧㄢˋ

jiàn

文字演變：

上 半 部「目」是 眼 睛，下 半 部「儿」是 人。
shàng bàn bù mù shì yǎn jīng xià bàn bù ér shì rén

一 個 人 張 開 眼 睛 看 東 西，就 是「見」。
yí ge rén zhāng kāi yǎn jīng kàn dōng xī jiù shì jiàn

造句示例

見識 (Knowledge and experience)：因 為 看 見 才 有 想 法 和 知 識，這 就 叫 做
jiànshi　　　　　　　　　　　　yīn wèi kàn jiàn cái yǒu xiǎng fǎ hé zhī shi zhè jiù jiào zuò

有 見 識 的 人。
yǒu jiàn shi de rén

意見 (opinion)：對 於 不 了 解 的 事 情，最 好 不 要 有 太 多 的 意 見。
yì jiàn　　　　　duì yú bù liǎo jiě de shì qing zuì hǎo bù yào yǒu tài duō de yì jiàn

牙

ー Ｙ ˊ

yá

文字演變： → 𠃬

116

橫 著 看 像 上 下 齒 互 相 交 錯 ，而 且 密 合 的 形 狀 。
héng zhe kàn xiàng shàng xià chǐ hù xiāng jiāo cuò ér qiě mì hé de xíng zhuàng

咬 合 較 密 爲 兩 邊 的 虎 牙 ，是 以 較 尖 的 稱「牙」，
yǎo hé jiào mì wéi liǎng biān de hǔ yá shì yǐ jiào jiān de chēng yá

較 平 的 部 分 稱「齒」，其 實 兩 者 是 相 同 的 。
jiào píng de bù fèn chēng chǐ qí shí liǎng zhě shì xiāng tóng de

造句示例

牙 刷 (toothbrush)：牙 刷 是 刷 牙 的 用 具 ，要 常 常 更 換 才 好 。
yá shuā yá shuā shì shuā yá de yòng jù yào cháng cháng gēng huàn cái hǎo

牙 醫 (dentist)：牙 齒 痛 了 ，就 要 去 找 牙 醫 檢 查 。
yá yī yá chǐ tòng le jiù yào qù zhǎo yá yī jiǎn chá

齒
ㄔˇ

chǐ

文字演變：

齒是形聲字，下面是像牙齒形狀，上面「止」
chǐ shì xíng shēng zì　xià miàn shì xiàng yá chǐ xíng zhuàng　shàng miàn　zhǐ
是聲符，像張口看見牙齒，而且是排列整齊的
shì shēng fú　xiàng zhāng kǒu kàn jiàn yá chǐ　ér qiě shì pái liè zhěng qí de
牙齒。
yá chǐ

造句示例

牙齒 (tooth)：保護牙齒是每天重要的工作。
yá chǐ　　　　bǎo hù yá chǐ shì měi tiān zhòng yào de gōng zuò

齒輪 (gear)：汽車的輪胎會轉動，就是由於齒輪轉動的關係。
chǐ lún　　　　qì chē de lún tāi huì zhuǎn dòng　jiù shì yóu yú chǐ lún zhuǎn dòng de guān xì

口

ㄎ
ㄡ ✓

kǒu

文字演變：

像人嘴的上、下唇。是象形字，像張開的嘴，最
xiàng rén zuǐ de shàng xià chún shì xiàng xíng zì xiàng zhāng kāi de zuǐ zuì
初是半圓形，漸漸把圓形畫成了四方形，就成了今天的
chū shì bàn yuán xíng jiàn jiàn bǎ yuán xíng huà chéng le sì fāng xíng jiù chéng le jīn tiān de
「口」字。
kǒu zì

造句示例

口渴 (thirst)：嘴巴乾了想喝水，這就叫口渴。
kǒu kě　　　　zuǐ ba gān le xiǎng hē shuǐ zhè jiù jiào kǒu kě

可口 (tasty)：媽媽做的菜，每一道都很可口。
kě kǒu　　　　mā ma zuò de cài měi yī dào dōu hěn kě kǒu

言

yán ㄧㄢˊ

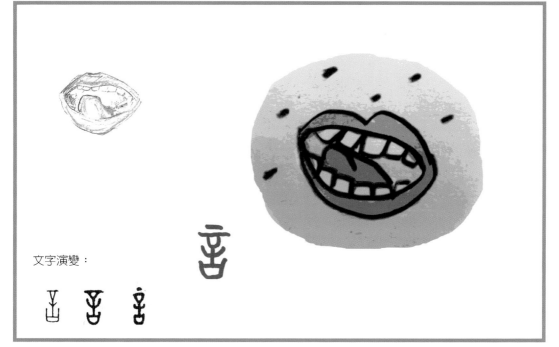

文字演變：

嘴　巴　打　開　見　舌　頭　，　表　示　正　在　說　話　。
zuǐ　bā　dǎ　kāi　jiàn　shé　tou　biǎo　shì　zhèng　zài　shuō　huà

字　形　上　如　開　口　說　話　，氣　往　外　出　的　樣　子　。
zì　xíng　shàng　rú　kāi　kǒu　shuō　huà　　qì　wǎng　wài　chū　de　yàng　zi

═══ 造句示例 ═══

語言（language）：每　一　個　民　族　各　有　不　同　的　語　言　。
yǔ yán 　　　　　　měi　yī　gè　mín　zú　gè　yǒu　bù　tóng　de　yǔ　yán

言論（speech）：民　主　國　家　言　論　是　自　由　的　。
yán lùn 　　　　　mín　zhǔ　guó　jiā　yán　lùn　shì　zì　yóu　de

君

ㄐㄩㄣ

jūn

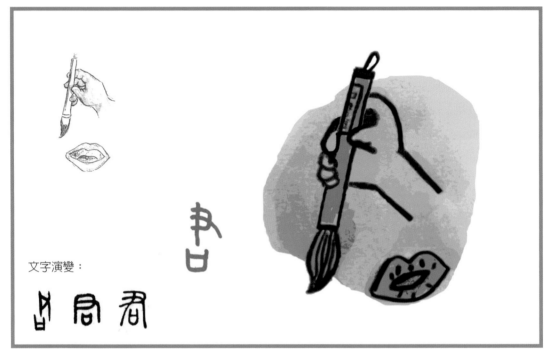

文字演變：

「君」字，上是用手執筆，下是「口」字，
jūn zì shàng shì yòng shǒu zhí bǐ xià shì kǒu zì

一個人嘴巴發號命令，用筆記下事蹟，具有領導權。
yī ge rén zuǐ bā fā hào mìng lìng yòng bǐ jì xià shì jī jù yǒu lǐng dǎo quán

---
造句示例

君子 (gentleman)：有學問又有品德的人，就被人稱為「君子」。
jūn zǐ yǒu xué wen yòu yǒu pǐn dé de rén jiù bèi rén chēng wéi jūn zǐ

君王 (king)：一個國家的國王，也被稱為「君王」。
jūn wáng yī gè guó jiā de guó wáng yě bèi chēng wéi jūn wáng

告

gào

文字演變：

「告」字上面是「牛」，下面是「口」；「口」
gào zì shàng miàn shì niú xià miàn shì kǒu kǒu

表陷阱，古代以提醒牛避開陷阱，叫做「告」；
biǎo xiàn jǐng gǔ dài yǐ tí xǐng niú bì kāi xiàn jǐng jiào zuò gào

後泛指用言語對人、物說話之意。
hòu fàn zhǐ yòng yán yǔ duì rén wù shuō huà zhī yì

造句示例

告訴 (tell)：子女要出門，一定先告訴父母，免得父母擔心。
gào sù zǐ nǚ yào chū mén yī dìng xiān gào sù fù mǔ miǎn de fù mǔ dān xīn

告別 (say good-bye)：小華要出嫁，告別父母時不禁落下淚了。
gào bié xiǎo huá yào chū jià gào bié fù mǔ shí bù jīn luò xià lèi le

甘 ㄍㄢ

gān

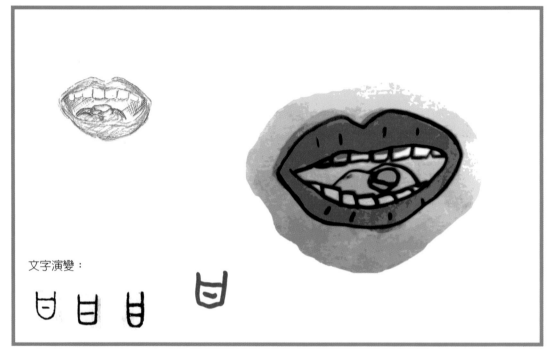

文字演變：

口裡含著東西，這種 東西味美，令人捨不得嚥下
kǒu lǐ hán zhe dōng xī　 zhè zhǒng dōng xī wèi měi　 lìng rén shě bù dé yàn xià

去，就是「甘」；所以它的本義作「味 道 甜 美」解，乃指美
qù　 jiù shì　 gān　　 suǒ yǐ tā de běn yì zuò　 wèi dào tián měi　 jiě　 nǎi zhǐ měi

味而言。
wèi ér yán

造句示例

甘 苦 (joys and tribulations)：甘 是 甜 美，苦 是 辛 苦，人 生 總 會 遇 到 許 多 甘
gān kǔ　　　　　　　　　　　gān shì tián měi　 kǔ shì xīn kǔ　 rén shēng zǒng huì yù dào xǔ duō gān

苦 的 事 情。
kǔ de shì qíng

甘 心 (be willingly to)：甘 心 是 心 甘 情 願，父 母 總 是 甘 心 自 己 受 苦， 要
gānxīn　　　　　　　　　　　gān xīn shì xīn gān qíng yuàn　 fù mǔ zǒng shì gān xīn zì jǐ shòu kǔ　 yào

子 女 過 好 一 點 的 生 活。
zi nǚ guò hǎo yī diǎn de shēng huó

舌

ㄕㄜˊ

shé

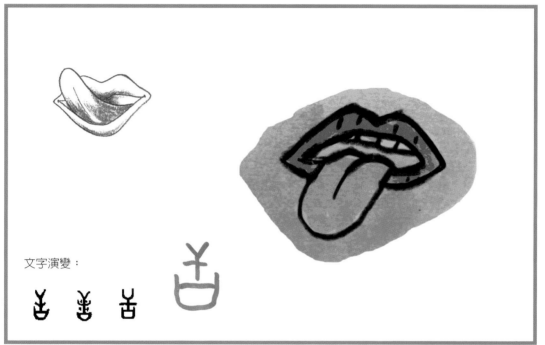

文字演變：

像 人 舌 頭 的 形 狀 ， 口 中 伸 出 來 的 舌 頭 。
xiàng rén shé tou de xíng zhuàng　kǒu zhōng shēn chū lái de shé tou

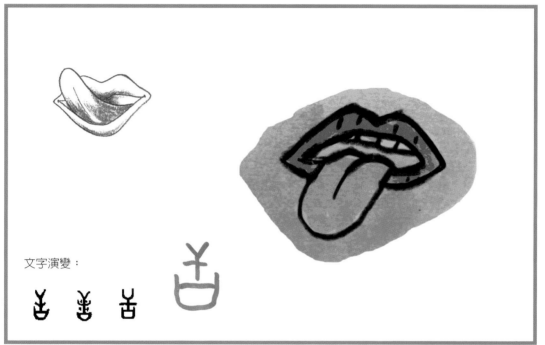

123

造句示例

舌 頭 (tongue)：在 電 視 上 看 到 一 個 人 舌 頭 好 長 ，可 以 碰 到 鼻 子 呢 。
shé tou　　　　zài diàn shì shàng kàn dào yī ge rén shé tou hǎo cháng　kě yǐ pèng dào bí zi ne

舌 尖 (tip of tongue)：吃 了 美 味 的 菜 ，總 在 舌 尖 上 留 有 餘 香 。
shé jiān　　　　　chī le měi wèi de cài　zǒng zài shé jiān shàng liú yǒu yú xiāng

自 ㄗˋ

zì

文字演變：

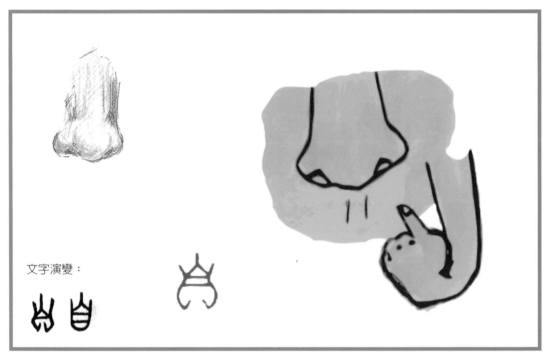

「自」是 鼻子 的 形 狀，下 半 部 是 兩 個 鼻 孔。
zì　 shì　bí　zi　de　xíng zhuàng　 xià　bàn　bù　shì liǎng　ge　bí　kǒng

人 要 說 明 自 己 時，通 常 是 用 手 指 自 己 的 鼻 子，
rén yào shuō míng zì　jǐ　shí　 tōng cháng shì yòng shǒu zhǐ zì　jǐ　de　bí　zi

後 來 再 加 「畀」 聲，作 「鼻」。
hòu lái zài jiā　 bì　 shēng　zuò　bí

造句示例

自大 (arrogant)：一 個 人 不 可 以 自 大，因 為 人 上 有 人，天 外 有 天。
zì dà　　　　　　　yī ge rén bù kě yǐ zì dà　yīn wèi rén shàng yǒu rén　tiān wài yǒu tiān

自卑 (inferiority)：人 不 需 要 自 卑，因 為 每 一 個 人 都 有 長 處 和 短 處。
zì bēi　　　　　　　rén bù xū yào zì bēi　yīn wèi měi yī ge rén dōu yǒu cháng chu hé duǎn chu

面

ㄇㄧㄢˋ

miàn

文字演變：

從「百」，「百」就是首，外加「囗」，表示面的輪廓。
cóng　　　　　　jiù shì shǒu　wài jiā　　　　biǎo shì miàn de lún kuò

整　個字作「額前」解釋，就是額頭以下五官所在的部分，
zhěng ge zì zuò　é qián　jiě shì　jiù shì é tóu yǐ xià wǔ guān suǒ zài de bù fèn

就叫「面」。
jiù jiào　miàn

造句示例

面紗 (veil)：阿拉伯的女人臉上都會蒙著面紗。
miàn shā　　　　á lā bó de nǚ rén liǎn shang dōu huì méng zhe miàn shā

面試 (interview)：姊姊要去公司面試，所以打扮得特別漂亮。
miàn shì　　　　　　jiě jie yào qù gōng sī miàn shì　suǒ yǐ dǎ ban de tè bié piào liang

心

xīn

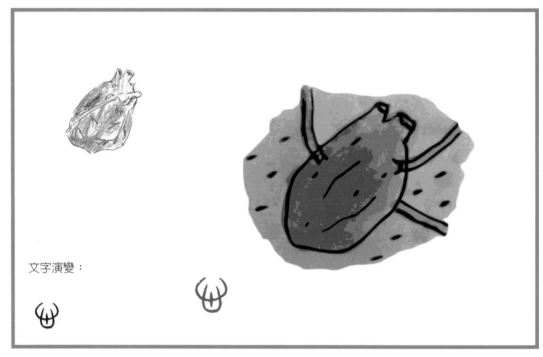

文字演變：

「心」是象形文，像心臟的形狀，中形像心，
xīn shì xiàng xíng wén xiàng xīn zàng de xíng zhuàng zhōng xíng xiàng xīn

外形像包絡。血液在心房、心室及血管之間跳動，
wài xíng xiàng bāo luò xiě yè zài xīn fáng xīn shì jí xiě guǎn zhī jiān tiào dòng

即成「心」。心是部首，心可以在字的下面，
jí chéng xīn xīn shì bù shǒu xīn kě yǐ zài zì de xià miàn

如：「悲」、「息」，心部在左邊則寫成「忄」、「小」、「㣺」，
rú bēi xí xīn bù zài zuǒ biān zé xiě chéng

如：「忙」、「怕」、「憤」、「快」、「怪」等。
rú máng pà fèn kuài guài děng

=== 造句示例 ===

信心 (confidence)：有信心的人才容易成功。
xìn xīn yǒu xìn xīn de rén cái róng yì chéng gōng

心情 (mood)：好的心情可以讓人愉悅而健康。
xīn qíng hǎo de xīn qíng kě yǐ ràng rén yú yuè ér jiàn kāng

愛 ㄞˋ
ài

文字演變：

重點在「心」和「受」：接受他人的好心，
zhòng diǎn zài xīn hàn shòu jiē shòu tā rén de hǎo xīn

和把自己的好意帶給別人，均是「愛」。愛字上面「爪」
hàn bǎ zì jǐ de hǎo yì dài gěi bié rén jūn shì ài ài zì shàng miàn zhuǎ

是「手」，「冖」下是心和「夂」小腿，表示走到哪裡，
shì shǒu xià shì xīn hàn xiǎo tuǐ biǎo shì zǒu dào nǎ lǐ

把心捧到哪裡，這就是「愛」。
bǎ xīn pěng dào nǎ lǐ zhè jiù shì ài

造句示例

愛情 (love)：哥哥每天都笑嘻嘻的，原來他沉醉在愛情裡了。
ài qíng gē ge měi tiān dōu xiào xī xī de yuán lái tā chén zuì zài ài qíng lǐ le

愛心 (compassion)：每個人都有愛心，這個社會就更美麗了。
ài xīn měi gè rén dōu yǒu ài xīn zhè ge shè huì jiù gèng měi lì le

127

憂 一ㄡ
yōu

文字演變：

一個人哭喪著臉，舉手要抹淚捶胸，顯得很「憂」
yí ge rén kū sāng zhe liǎn　jǔ shǒu yào mǒ lèi chuí xiōng　xiǎn de hěn yōu

愁的樣子。下面「夂」是足跡，指所到之處，
chóu de yàng zi　xià miàn　　shì zú jī　zhǐ suǒ dào zhī chù

表示憂愁，惱憂是會隨時跟著人的。
biǎo shì yōu chóu　nǎo yōu shì huì suí shí gē zhe rén de

造句示例

憂愁 (sad)：家裡沒錢讓哥哥讀書，媽媽很憂愁。
yōu chóu　　　　jiā lǐ méi qián ràng gē ge dú shū　mā ma hěn yōu chóu

憂心 (worried)：我們要照顧自己，別讓媽媽憂心。
yōu xīn　　　　　wǒ men yào zhào gù zì jǐ　bié ràng mā ma yōu xīn

髮

ㄈㄚˇ

fǎ

文字演變：

129

「髟」是頭上長毛髮的樣子，「犮」是聲符。以
biāo shì tóu shàng zhǎng máo fǎ de yàng zi   bó shì shēng fú yǐ

「髟」爲部首的字，都有毛髮的意思。如：「鬍」、「鬚」、
biāo wéi bù shǒu de zì   dōu yǒu máo fǎ de yì si   rú   hú   xū

「鬢」等。
bìn   děng

造句示例

頭髮 (hair)：姊姊把頭髮剪短了，真好看。
tóu fà   jiě jie bǎ tóu fà jiǎn duǎn le   zhēn hǎo kàn

理髮 (haircut)：爸爸每個月理髮一次。
lǐ fà   bà ba měi gè yuè lǐ fà yī cì

肉

ㄖ
ㄡˋ

ròu

文字演變：

像 肉 上 多 紋理 的 樣子。「肉」做 偏旁 時 另一 種
xiàng ròu shàng duō wén lǐ de yàng zi ròu zuò piān páng shí lìng yì zhǒng

寫法 是「月」。如：肝、肢、肩、胃。
xiě fǎ shì rú gān zhī jiān wèi

月 与 月 不同：月 爲「月」像 不滿 之 月形；肉 爲「肉」，
yuè yǔ ròu bù tóng yuè wéi xiàng bù mǎn zhī yuè xíng ròu wéi

指 切 下 來 之 大塊 的 肉。
zhǐ qiē xià lái zhī dà kuài de ròu

造句示例

肉 餅 (meat pie)：媽媽 做 旳 肉 餅 真 好吃。
ròu bǐng　　　　mā ma zuò de ròu bǐng zhēn hǎo chī

牛 肉 (beef)：媽媽 可以 用 牛 肉 做出 好 幾 道 美味 的 菜。
niú ròu　　　mā ma kě yǐ yòng niú ròu zuò chū hǎo jǐ dào měi wèi de cài

肩

ㄐㄧㄢ

jiān

文字演變：

左 上 方 像 手 臂 與 肩 膀 連 接 的 地 方 ： 右 下 方
zuǒ shàng fāng xiàng shǒu bì yǔ jiān bǎng lián jiē de dì fāng yòu xià fāng

「月」是 肉 的 意 思 ， 手 與 身 體 交 接 的 那 塊 肉 ， 就 是 「肩」。
yuè shì ròu de yì si shǒu yǔ shēn tǐ jiāo jiē de nà kuài ròu jiù shì jiān

131

═══ 造句示例 ═══

肩 膀 (shoulder)：哥 哥 每 天 游 泳 ， 肩 膀 變 得 又 寬 又 厚 。
jiān bǎng　　　　　　　gē ge měi tiān yóu yǒng　jiān bǎng biàn de yòu kuān yòu hòu

並 肩 (side by side)：在 戰 場 上 ， 湯 米 和 布 德 並 肩 作 戰 相 互 保 護 。
bìng jiān　　　　　　　zài zhàn chǎng shàng　tāng mǐ hé bù dé bìng jiān zuò zhàn xiāng hù bǎo hù

骨 ㄍㄨˇ

gǔ

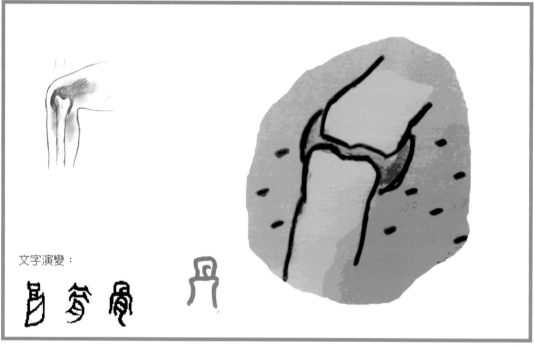

文字演變：

像 骨 頭 交 接 的 地 方 有 肉 附 著 。 「冎」是 骨 節 非 常 堅
xiàng gú tou jiāo jiē de dì fāng yǒu ròu fù zhuó　　shì gǔ jié fēi cháng jiān

實 。「月」是「肉」字 ， 表 示 骨 頭 也 是 身 體 的 一 部 分 。
shí　　ròu　shì　ròu　zì　biǎo shì gú tou yě shì shēn tǐ de yí bù fèn

---

造句示例

骨頭 (bone)：每 個 人 大 約 有 206 塊 骨 頭 。
gǔ tou　　　　měi gè rén dà yuē yǒu　　kuài gǔ tou

骨氣 (integrity)：老 師 做 人 要 有 原 則 ， 要 做 一 個 有 骨 氣 的 人 。
gǔ qì　　　　lǎo shī zuò rén yào yǒu yuán zé　yào zuò yī gè yǒu gǔ qì de rén

胃

ㄨㄟ丶

wèi

文字演變：

上 半 好 像 穀 類 食 物 在 胃 中 的 形 狀 ，下 半 是「肉」
shàng bàn hǎo xiàng gǔ lèi shí wù zài wèi zhōng de xíng zhuàng xià bàn shì ròu

字 ， 動 物 吃 下 的 五 穀 等 食 物 ，在 胃 裡 消 化 ，形 成「胃」
zì dòng wù chī xià de wǔ gǔ děng shí wù zài wèi lǐ xiāo huà xíng chéng wèi

字 。「胃」的 下 部 是「月」而 非「月」，表 示 胃 是 身 體 的 一 部 分 。
zì wèi de xià bù shì ròu ér fei yuè biǎo shì wèi shì shēn tǐ de yí bù fèn

造句示例

胃口 (appetite)：胃 口 好 ，吃 東 西 都 覺 得 好 吃 。
wèi kǒu　　　　　 wèi kǒu hǎo　 chī dōng xī dōu jué de hǎo chī

胃痛 (stomach pain)：姊 姊 工 作 多 ，壓 力 大 ，所 以 常 常 胃 痛 。
wèi tòng　　　　　　 jiě jie gōng zuò duō　 yā lì dà　 suǒ yǐ cháng cháng wèi tòng

動物篇

虎

ㄏㄨˇ

hǔ

文字演變：

「虎」字上「虍」下「儿」，「虍」是老虎身上的毛紋，
hǔ zi shàng hū xià ér hū shì lǎo hǔ shēn shàng de máo wén

「儿」像兩隻強而有力的後腳。
ér xiàng liǎng zhī qiáng ér yǒu lì de hòu jiǎo

造句示例

老虎 (tiger)：老虎是森林裡凶猛的動物。
lǎo hǔ　　　　　lǎo hǔ shì sēn lín lǐ xiōng měng de dòng wù

虎口 (jaws of death)：老師叫我們過馬路要小心，因為馬路如虎口，
hǔ kǒu　　　　　　　lǎo shī jiào wǒ men guò mǎ lù yào xiǎo xīn　yīn wèi mǎ lù rú hǔ kǒu

很危險的。
hěn wēi xiǎn de

龍
ㄌㄨㄥˊ

lóng

文字演變：

龍 的 圖 形 在 古 字 中 有 十 幾 種 ， 近 世 地 質 學 家 從 化 石
lóng de tú xíng zài gǔ zì zhōng yǒu shí jǐ zhǒng　jìn shì dì zhí xué jiā cóng huà shí

中 考 證 ， 知 道 龍 是 爬 蟲 類 動 物 。 頭 頂 有 肉 冠 ，
zhōng kǎo zhèng　zhī dào lóng shì pá chóng lèi dòng wù　tóu dǐng yǒu ròu guān

又 有 兩 角 、 兩 耳 。 其 形 蜿 蜒 ， 能 行 ， 能 飛 ， 身 上 有
yòu yǒu liǎng jiǎo liǎng ěr　qí xíng wǎn yán　néng xíng　néng fēi　shēn shàng yǒu

麟 ， 長 尾 。 原 始 的 「 龍 」 字 是 象 形 文 。
lín　cháng wěi　yuán shǐ de　lóng　zì shì xiàng xíng wén

=== 造句示例 ===

恐 龍 (dinosaur)：恐 龍 是 古 代 大 型 的 動 物 ，現 在 已 經 絕 種 了 。
kǒng lóng　　　　　kǒng lóng shì gǔ dài dà xíng de dòng wù　xiàn zài yǐ jīng jué zhǒng le

龍 蝦 (lobster)：美 國 東 部 有 許 多 城 市 出 產 龍 蝦 。
lóng xiā　　　　　měi guó dōng bù yǒu xǔ duō chéng shì chū chǎn lóng xiā

象

ㄒ
一
ㄤ

xiàng

文字演變：

象 形 文。 字 形 突 出 了 大 象 長 長 的 鼻 子，
xiàng xíng wén zì xíng tú chū le dà xiàng cháng cháng de bí zi

和 寬 厚 的 身 軀，還 有 四 隻 腳 和 一 條 短 尾。
hàn kuān hòu de shēn qū hái yǒu sì zhī jiǎo hàn yì tiáo duǎn wěi

---

造句示例

大 象 (elephant)：大 象 身 體 很 大，力 氣 也 很 大。
dà xiàng   dà xiàng shēn tǐ hěn dà lì qi yě hěn dà

象 棋 (chinese chess)：象 棋 是 中 國 發 明 的 一 種 有 趣 的 消 遣 活 動。
xiàng qí   xiàng qí shì zhōng guó fā míng de yī zhǒng yǒu qù de xiāo qiǎn huó dòng

鹿 ㄌㄨˋ

lù

文字演變：

象形字。「ㄓㄓ」表示鹿角，「ㄖ」是鹿的眼睛，「鹿」字下
xiàng xíng zì　　　　　biǎo shì lù jiǎo　　　　shì lù de yǎn jīng　　　lù　zì xià

的「比」像在奔跑的鹿腳。
de　bǐ　xiàng zài bēn pǎo de lù jiǎo

造句示例

長頸鹿 (giraffe)：長頸鹿的脖子很長。
cháng jǐng lù　　　　cháng jǐng lù de bó zi hěn cháng

梅花鹿 (sika deer)：梅花鹿的身上有小圓點。
méi huā lù　　　　méi huā lù de shēn shang yǒu xiǎo yuán diǎn

豬 ㄓㄨ

zhū

文字演變：

豬 的 左 邊 部 首 是 豕，「豕」 是 豬 的 象 形 文。
zhū de zuǒ biān bù shǒu shì shǐ　shǐ　shì zhū de xiàng xíng wén

從 象 形 到 楷 書，可 看 出 字 形 的 演 變 過 程。今「豕」
cóng xiàng xíng dào kǎi shū　kě kàn chū zì xíng de yǎn biàn guò chéng　jīn　shǐ

不 常 用 而 用 了「豬」字。
bù cháng yòng ér yòng le　zhū　zì

造句示例

豬 肉 (pork)：豬 肉 是 許 多 人 喜 歡 吃 的 食 物。
zhū ròu　　　　zhū ròu shì xǔ duō rén xǐ huan chī de shí wù

豬 腳 (pig's feet)：豬 的 腳 肉 多、短 短 的，跑 起 來 一 搖 一 擺 很 有 趣。
zhū jiǎo　　　　zhū de jiǎo ròu duō　duǎn duǎn de　pǎo qǐ lái yī yáo yī bǎi hěn yǒu qù

貓

ㄇㄠ

māo

文字演變：

貓 部 首 是「豸」，「豸」 像 是 大 頭， 張 開 大 嘴，
máo bù shǒu shì zhì zhì xiàng shì dà tóu zhāng kāi dà zuǐ

露 出 牙 齒 的 兇 猛 野 獸。 從 部 首「豸」的 字， 大 都 是
lòu chū yá chǐ de xiōng měng yě shòu cóng bù shǒu zhì de zì dà dōu shì

比 較 凶 猛 的 動 物。如：「豹」、「豺」、「貂」。貓 是 形 聲
bǐ jiào xiōng měng de dòng wù rú bào chái diāo māo shì xíng shēng

字，「豸」表 形，「苗」表 示 是 這 個 字 的 聲 音。
zì zhì biǎo xíng miáo biǎo shì shì zhè ge zì de shēng yīn

=== 造句示例 ===

小 貓 (kitten)：小 貓 可 愛 又 頑 皮，許 多 人 把 牠 當 寵 物。
xiǎo māo xiǎo māo kě ài yòu wán pí xǔ duō rén bǎ tā dāng chǒng wù

貓 頭 鷹 (owl)：貓 頭 鷹 在 晚 上 才 出 來 活 動。
māo tóu yīng māo tóu yīng zài wǎn shang cái chū lái huó dòng

牛

ㄋㄧㄡˊ

niú

文字演變：

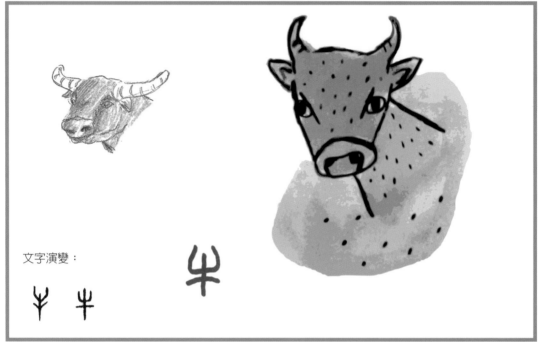

字形 像 牛 的 頭部，突顯 它 一 雙 彎 角，及 頭 旁 的 雙
zì xíng xiàng niú de tóu bù tú xiǎn tā yì shuāng wān jiǎo jí tóu páng de shuāng

耳，省 略 了 牛 的 身 軀 和 四 肢。「牛」當 字 的 左 偏 旁 時，
ěr shěng lüè le niú de shēn qū hàn sì zhī niú dāng zì de zuǒ piān páng shí

寫 成「牛」，如：牡、牧、牠、物 等 字。
xiě chéng rú mǔ mù tā wù děng zì

造句示例

牛 奶 (milk)：小 貓 喜 歡 喝 牛 奶。
niú nǎi xiǎo māo xǐ huan hē niú nǎi

牛 肉 (beef)：你 為 什 麼 不 吃 牛 肉？
niú ròu nǐ wèi shén me bù chī niú ròu

馬
ㄇㄚˇ

mǎ

文字演變：

像 馬的形 狀 ，有 頭、軀體、四肢和尾巴，尤其特別 強
xiàng mǎ de xíng zhuàng yǒu tóu qū tǐ sì zhī hàn wěi bā yóu qí tè bié qiáng

調了馬 鬃和馬尾，將 馬的特色表露無遺。
diào le mǎ zōng hàn mǎ wěi jiāng mǎ de tè sè biǎo lù wú yí

143

造句示例

馬 上 (immediately)：我 馬 上 就 要 去 上 海 工 作 了。
mǎ shàng　　　　　　wǒ mǎ shàng jiù yào qù shàng hǎi gōng zuò le

馬 車 (carriage)：你 坐 過 馬 車 嗎？
mǎ chē　　　　　　nǐ zuò guò mǎ chē ma

羊 一尢ˊ

yáng

文字演變：

像　羊　的頭部，羊　的特點　是　兩　支角　向　下　彎。上　面　是
xiàng yáng de tóu bù　　yáng de tè diǎn shì liǎng zhī jiǎo xiàng xià wān　　shàng miàn shì

羊角，中　間　一　豎　是　羊　的　身　體　和尾巴，二橫　是　羊　的　四肢；
yáng jiǎo　zhōng jiān yí shù shì yáng de shēn tǐ hàn wěi bā　　 èr héng shì yáng de sì zhī

後　來　才　演　變　成　今天　中　間　三　橫　的「羊」。「羊」字作
hòu lái cái yǎn biàn chéng jīn tiān zhōng jiān sān héng de　　yáng　　　yáng　zì zuò

偏　旁　時，仍　要　作「羊」，不　作「羊」。
piān páng shí　 réng yào zuò　yáng　　bú zuò

造句示例

山　羊 (goat)：外　婆家　養　了　很　多　山　羊。
shān yáng　　　　wài pó jiā yǎng le hěn duō shān yáng

羊　毛 (wool)：我　這　件　衣服　是　用　羊　毛織　的。
yáng máo　　　wǒ zhè jiàn yī fu shì yòng yáng máo zhī de

羔 ㄍㄠ

gāo

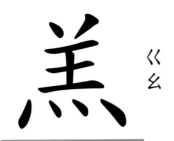

文字演變：

上 半 是 「羊」， 下 半 是 「火」， 用 火 烤 羊。
shàng bàn shì yáng xià bàn shì huǒ yòng huǒ kǎo yáng

最 美 味 的 烤 羊 是 用 小 羊 肉， 所 以 「羔」 是 指 小 羊 的 意
zuì měi wèi de kǎo yáng shì yòng xiǎo yáng ròu suǒ yǐ gāo shì zhǐ xiǎo yáng de yì

思。 如 今 把 用 火 烤 出 美 味 的 佳 餚 寫 成 「羹」， 就 是 「羔」
si rú jīn bǎ yòng huǒ kǎo chū měi wèi de jiā yáo xiě chéng gēng jiù shì gāo

字 再 加 個 「美」 字。 後 凡 指 美 味 的 菜 餚， 皆 稱 「羹」， 如
zì zài jiā ge měi zì hòu fán zhǐ měi wèi de cài yáo jiē chēng gēng rú

「羊 羹」、「羹 湯」 等。 又 如 用 米 麵 製 成 的 食 品，
yáng gēng gēng tāng děng yòu rú yòng mǐ miàn zhì chéng de shí pǐn

像 糕 餅、蛋 糕。
xiàng gāo bǐng dàn gāo

造句示例

羔 羊 (lamb)：獵 人 今 天 抓 到 了 幾 隻 羔 羊。
gāo yáng liè rén jīn tiān zhuā dào le jǐ zhī gāo yáng

蛋 糕 (cake)：每 年 家 人 生 日，媽 媽 都 會 買 蛋 糕。
dàn gāo měi nián jiā rén shēng rì mā ma dōu huì mǎi dàn gāo

犬

ㄑㄩㄢˇ

quǎn

文字演變：

古字像狗的形狀，「犬」是小狗的意思。「犬」
gǔ zì xiàng gǒu de xíng zhuàng　　quǎn　shì xiǎo gǒu de yì si　　quǎn

當左偏旁時，寫成「犭」，如：「狼」、「狐」、「猜」、
dāng zuǒ piān páng shí　xiě chéng　quǎn　rú　　láng　　　hú　　　cāi

「猛」等。今以「犭」當部首，以「狗」當「犬」字用。
měng　děng　jīn yǐ　quǎn　dāng bù shǒu　yǐ　gǒu　dāng　quǎn　zì yòng

造句示例

猛 犬 (bull dog)：鄰居家養了一隻猛犬。
měng quǎn　　　　　　　lín jū jiā yǎng le yī zhī měng quǎn

犬子(my son)：中國有句俗話：「虎父無犬子。」
quǎn zǐ　　　　　zhōng guó yǒu jù sú huà　　hǔ fù wú quǎn zǐ

蟲

ㄔㄨㄥˊ

chóng

文字演變：

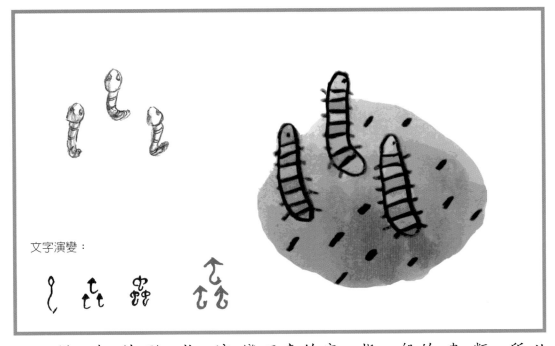

從 蟲 的 形 狀 演 變 而 來 的 字 ，指 一 般 的 蟲 類 。所 以
cóng chóng de xíng zhuàng yǎn biàn ér lái de zì　　zhǐ yì bān de chóng lèi　suǒ yǐ

「虫」部 的 字 均 含 有 蟲 類 的 意思 ，如：「蚊」、「蚯」、「蚓」、
huǐ　bù de zì jūn hán yóu chóng lèi de yì si　rú　wén　　qiū　　yǐn

「蚤」 等 。因 爲 小 蟲 多 半 聚 在 一 起 ，所 以「蟲」字 以 三
zǎo　děng　yīn wèi xiǎo chóng duō bàn jù zài yì qǐ　suǒ yǐ　chóng　zì yǐ sān

「虫」集 合 而 成 。
huǐ　jí hé ér chéng

造句示例

昆 蟲 (insect)：你 認 識 多 少 種 昆 蟲 ？
kūn chóng　　　　　　nǐ rèn shi duō shao zhǒng kūn chóng

毛 毛 蟲 (caterpillar)：毛 毛 蟲 長 大 就 變 成 美 麗 的 蝴 蝶 。
máo mao chóng　　　　　máo mao chóng zhǎng dà jiù biàn chéng měi lì de hú dié

蛇 ㄕㄜˊ

shé

文字演變：

從「虫」從「它」。「它」的形狀像眼鏡蛇，上面
cóng huǐ cóng tā   tā de xíng zhuàng xiàng yǎn jìng shé   shàng miàn

的「冖」是膨脹的頸部。下面的「乚」是長長的身
de   shì péng zhàng de jǐng bù   xià miàn de   shì cháng cháng de shēn

體和尾巴，中間的「丿」是不斷閃動的舌頭。後來「它」
tǐ hàn wěi ba   zhōng jiān de   shì bú duàn shǎn dòng de shé tou   hòu lái   tā

字被借作代名詞，因而加一個「虫」爲部首。
zì bèi jiè zuò dài míng cí   yīn ér jiā yí ge   huǐ   wéi bù shǒu

造句示例

大蛇 (snake)：我朋友養了一條大蛇當寵物。
dà shé   wǒ péng you yǎng le yī tiáo dà shé dāng chǒng wù

蛇行 (zigzag)：開車千萬不能蛇行，太危險。
shé xíng   kāi chē qiān wàn bù néng shé xíng tài wēi xiǎn

虹 ㄏㄨㄥˊ

hóng

文字演變：

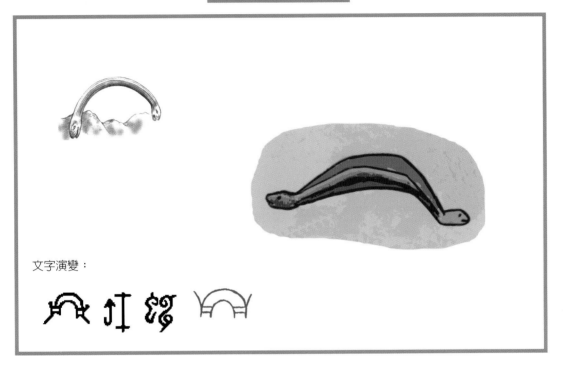

象形字。像雨後太陽光穿過空氣中的水氣，
xiàng xíng zì　xiàng yǔ hòu tài yáng guāng chuān guò kōng qì zhōng de shuǐ qì

折射產生於空中的彩色圓弧。古人想像成彩虹
zhé shè chǎn shēng yú kōng zhōng de cǎi sè yuán hú　gǔ rén xiǎng xiàng chéng cǎi hóng

的形狀像兩頭蛇的神奇動物。所以「虹」字是虫部。
de xíng zhuàng xiàng liǎng tóu shé de shén qí dòng wù　suǒ yǐ　hóng　zì shì huǐ bù

造句示例

彩虹 (rainbow)：天上水氣濃，就容易出現彩虹。
cǎi hóng 　　　　　　tiān shàng shuǐ qì nóng　jiù róng yì chū xiàn cǎi hóng

虹橋 (Hongqiao, the name of numerous entities, notably a major airport in
hóng qiáo

Shanghai, and a district in Tianjin)：像彩虹一般彎彎的橋，就被
　　　　　　　　　　　　　　　　xiàng cǎi hóng yī bān wǎn wǎn de qiáo　jiù bèi

稱為虹橋。
chēng wéi hóng qiáo

角
ㄐㄧㄠˇ

jiǎo

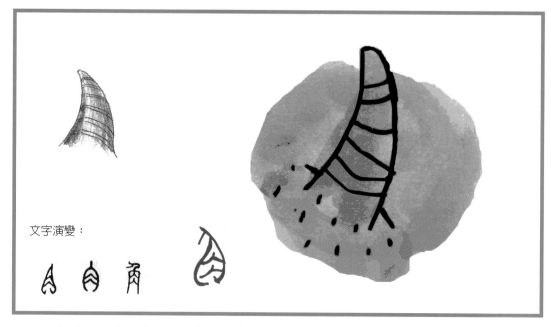

文字演變：

這是一個象形字。像一支獸角，角上還有紋理。
zhè shì yí ge xiàng xíng zì　xiàng yì zhī shòu jiǎo　jiǎo shàng hái yǒu wén lǐ

「角」古代可當酒器和樂器，如：「觥」、「號角」。
jiǎo　gǔ dài kě dāng jiǔ qì hàn yuè qì　rú　gōng　hào jiǎo

150

造句示例

牛角 (cow horns/ox)：我的圖章是用牛角刻的。
niú jiǎo　　　　　　wǒ de tú zhāng shì yòng niú jiǎo kè de

號角 (horn)：勝利的號角就要響起了。
hào jiǎo　　　　shèng lì de hào jiǎo jiù yào xiǎng qǐ le

兔 ㄊㄨˋ

tù

文字演變：

像 尾巴微 翹，蹲 坐 著的兔子。
xiàng wěi bā wéi qiào　dūn zuò zhe de tù zi

造句示例

白兔 (white rabbit)：媽媽 送 給 我 一 隻 小 白兔。
bái tù　　　　　　mā ma sòng gěi wǒ yī zhī xiǎo bái tù

兔毛 (lapin)：兔毛做 成 的衣服很 暖 和。
tù máo　　　　tù máo zuò chéng de yī fú hěn nuǎn huo

魚 ㄩˊ

yú

文字演變：

從 魚 的 象 形 字 逐 漸 演 變 而 來。魚 頭 寫 成 「ク」，
cóng yú de xiàng xíng zì zhú jiàn yǎn biàn ér lái　　yú tóu xiě chéng

魚 身 寫 成 「田」，魚 尾 寫 成 「灬」。
yú shēn xiě chéng　tián　　yú wěi xiě chéng　　huǒ

造句示例

魚 缸 (fish tank)：魚 缸 要 定 時 清 洗 才 不 會 太 髒。
yú gāng　　　　　　yú gāng yào dìng shí qīng xǐ cái bù huì tài zāng

魚 網 (fishing nets)：爺 爺 年 輕 時 捕 魚 用 的 魚 網 ，一 直 保 留 到 現 在。
yú wǎng　　　　　　yé ye nián qīng shí bǔ yú yòng de yú wǎng　　yī zhí bǎo liú dào xiàn zài

鼠

ㄕㄨˇ

shǔ

文字演變：

這是一個象形字，像老鼠的樣子；強調鼠頭張開
zhè shì yí ge xiàng xíng zì　xiàng lǎo shǔ de yàng zi　qiáng diào shǔ tóu zhāng kāi

的嘴和鋒利的牙齒。
de zuǐ hàn fēng lì de yá chǐ

造句示例

老鼠 (mouse)：老鼠 都 喜 歡 躲 在 洞 穴 裡。
lǎo shǔ　　　　lǎo shǔ dōu xǐ huan duǒ zài dòng xué lǐ

袋鼠 (kangaroo)：澳 洲 有 許 多 袋鼠， 蹦 蹦 跳 跳 真 可 愛。
dài shǔ　　　　ào zhōu yǒu xǔ duō dài shǔ　bèng bèng tiào tiào zhēn kě ài

龜

《ㄨㄟ

guī

文字演變：

典型的象形字，本來是正視的形狀，後
diǎn xíng de xiàng xíng zì　běn lái shì zhèng shì de xíng zhuàng　hòu
來轉爲側視的形狀。上面是頭部，中間是身體
lái zhuǎn wéi cè shì de xíng zhuàng　shàng miàn shì tóu bù　zhōng jiān shì shēn tǐ
連著尾巴，左邊的「𦎧」是龜的腳，右邊「𤕟」是龜甲。
lián zhe wěi ba　zuǒ biān de　　shì guī de jiǎo　yòu biān　　shì guī jiǎ

造句示例

烏龜 (tortoise)：後院水池裡有好幾隻烏龜。
wū guī　　　　　　　hòu yuàn shuǐ chí lǐ yǒu hǎo jǐ zhī wū guī
龜殼 (turtle shell)：龜殼就是烏龜背上厚厚的殼，可以當中藥材。
guī ké　　　　　　　guī ké jiù shì wū guī bèi shàng hòu hòu de ké　kě yǐ dāng zhōng yào cái

易

一、

yì

文字演變：

「易」是蜥「蜴」的本字，是一種 小 動 物。因爲 傳 說
yì shì xī yì de běn zì shì yì zhǒng xiǎo dòng wù yīn wèi chuán shuō
蜥蜴有十二變；所以後來借爲「改變」、「交換」等意。
xī yì yǒu shí èr biàn suǒ yǐ hòu lái jiè wéi gǎi biàn jiāo huàn děng yì

155

造句示例

容易 (easy)：外 國 人 學 中 文，不 是 一 件 容 易 的 事。
róng yì wài guó rén xué zhōng wén bù shì yī jiàn róng yì de shì

貿易 (trade)：世 界 各 國 跟 中 國 都 有 貿 易 往 來。
mào yì shì jiè gè guó gēn zhōng guó dōu yǒu mào yì wǎng lái

鳥
ㄋㄧㄠˇ

niǎo

文字演變：

依著鳥的形狀描繪而成，是個象形字。「鳥」
yī zhe niǎo de xíng zhuàng miáo huì ér chéng　shì ge xiàng xíng zì　　niǎo
字下面的四點是爪子。凡從鳥部首的字都與鳥有關。
zì xià miàn de sì diǎn shì zhuǎ zi　fán cóng niǎo bù shǒu de zì dōu yǔ niǎo yǒu guān
「鳥」，許慎《說文解字》說牠是長尾禽，和短尾禽的「隹」
niǎo　　xǔ shèn　shuō wén jiě zì　shuō tā shì cháng wěi qín　hàn duǎn wěi qín de　zhuī
不同。
bù tóng

造句示例

小鳥 (bird)：路旁樹上有許多小鳥。
xiǎo niǎo　　　　　lù páng shù shàng yǒu xǔ duō xiǎo niǎo
鳥叫 (birdcall)：今天早晨我是被鳥叫聲吵醒的。
niǎo jiào　　　　jīn tiān zǎo chen wǒ shì bèi niǎo jiào shēng chǎo xǐng de

烏

wū

文字演變：

157

「烏」和「鳥」形狀相同，只是少了個眼睛而
wū hàn niǎo xíng zhuàng xiāng tóng zhǐ shì shǎo le ge yǎn jīng ér

已；這並不是說烏鴉沒有眼睛，而是牠全身都是黑色，
yǐ zhè bìng bú shì shuō wū yā méi yǒu yǎn jīng ér shì tā quán shēn dōu shì hēi sè

黑眼珠不易看見。所以「烏」字引申為黑色。如「烏黑」、
hēi yǎn zhū bú yì kàn jiàn suǒ yǐ wū zì yǐn shēn wéi hēi sè rú wū hēi

「烏雲」等。
wū yún děng

造句示例

烏雲 (dark cloud)：天上有許多烏雲，表示就快要下雨了。
wū yún   tiān shàng yǒu xǔ duō wū yún biǎo shì jiù kuài yào xià yǔ le

烏鴉 (crow)：烏鴉的叫聲真的很難聽。
wū yā   wū yā de jiào shēng zhēn de hěn nán tīng

隹

ㄓㄨㄟ

zhuī

文字演變：

字形 像一隻 短尾的鳥形。它也是鳥的另一種
zì xíng xiàng yì zhī duǎn wěi de niǎo xíng　　tā yě shì niǎo de lìng yì zhǒng

寫法，如：「雚」是指一種有一雙大眼睛，頭上
xiě fǎ　rú　　guàn　shì zhǐ yì zhǒng yǒu yì shuāng dà yǎn jīng　tóu shàng

還有美麗羽毛的鳥，牠的眼力極佳，善於觀察。
hái yǒu měi lì　yǔ máo de niǎo　　tā de yǎn lì　jí jiā　shàn yú guān chá

造句示例

喜歡 (like)：我最喜歡吃的水果是芒果。
xǐ huan　　　　wǒ zuì xǐ huan chī de shuǐ guǒ shì máng guǒ

參觀 (visit)：今天老師帶我們去參觀博物館。
cān guān　　　　jīn tiān lǎo shī dài wǒ men qù cān guān bó wù guǎn

集
ㄐ
ㄧˊ

jí

文字演變：

鳥 棲 息 在 樹 上 ，是「集」的 本 義，古 作「雧」，
niǎo qī xí zài shù shàng shì jí de běn yì gǔ zuò jí

是 三 隻 鳥 在 樹 木 上 。引 申 爲「聚 集」、「聚 合」的 意 思。
shì sān zhī niǎo zài shù mù shàng yǐn shēn wéi jù jí jù hé de yì si

造句示例

集 合 (gather)：我 和 同 學 約 好 去 郊 遊，大 家 先 在 校 門 口 集 合。
jí hé wǒ hé tóng xué yuē hǎo qù jiāo yóu dà jiā xiān zài xiào mén kǒu jí hé

影 集 (photograph album)：HBO 有 很 多 好 看 的 影 集。
yǐng jí yǒu hěn duō hǎo kàn de yǐng jí

雀
ㄑㄩㄝˋ

què

文字演變：

160

用 「小」 和 「隹」 組合 成 的 字 （隹 是 短 尾 鳥 ） ，本 義 是
yòng xiǎo hàn zhuī zǔ hé chéng de zì zhuī shì duǎn wěi niǎo běn yì shì

小 的 「隹」，像 麻 雀。
xiǎo de zhuī xiàng má què

造句示例

麻 雀 (sparrow)：樹 上 有 許 多 麻 雀 在 吱 吱 喳 喳。
má què shù shàng yǒu xǔ duō má què zài zhī zhī chā chā

雀 躍 (jump like a sparrow)：小 華 知 道 考 上 理 想 的 學 校，雀 躍 不 已。
què yuè xiǎo huá zhī dào kǎo shàng lǐ xiǎng de xué xiào què yuè bù yǐ

飛

ㄈㄟ

fēi

文字演變：

　像　鳥　展　翅　飛　起　的　樣子。原　像　側　看　鳥　飛　行，把字立起
xiàng niǎo zhǎn chì fēi qǐ de yàng zi　yuán xiàng cè kàn niǎo fēi xíng　bǎ zì lì qǐ

來，並　楷　體　化　以　後　就　寫　作「飛」字了。
lái　bìng kǎi tǐ huà yǐ hòu jiù xiě zuò　fēi　zì le

造句示例

飛 行 (flight)：萊　特　兄　弟　從　小　的　願　望　就　是　能　夠　在　天　上　飛　行。
fēi xíng　　　　　lái tè xiōng dì cóng xiǎo de yuàn wàng jiù shì néng gòu zài tiān shàng fēi xíng

飛 機 (airplane)：飛　機　起　飛　後，地　面　上　的　建　築　物　都　變　小　了。
fēi jī　　　　　　　fēi jī qǐ fēi hòu dì miàn shàng de jiàn zhù wù dōu biàn xiǎo le

燕

yàn

文字演變：

像 一 隻 燕 子 在 天 空 展 翅 飛 翔 的 樣 子。 上 面 的
xiàng yì zhī yàn zi zài tiān kōng zhǎn chì fēi xiáng de yàng zi shàng miàn de

「廿」 是 頭 部， 兩 邊 的 「⺕」、「匕」 是 翅 膀， 中 間 的
niàn shì tóu bù liǎng biān de bǐ shì chì bǎng zhōng jiān de

「口」 像 身 體， 而 下 面 的 「灬」 是 開 叉 的 燕 尾 和 兩 腳。
kǒu xiàng shēn tǐ ér xià miàn de shì kāi chà de yàn wěi hàn liǎng jiǎo

造句示例

燕 子 (swallow)： 有 幾 隻 燕 子 在 我 們 家 院 子 裡 的 樹 上 築 巢。
yàn zi yǒu jǐ zhī yàn zi zài wǒ men jiā yuàn zi lǐ de shù shàng zhù cháo

燕 窩 (swallow's nest)： 燕 窩 就 是 燕 子 分 泌 的 唾 液，是 珍 貴 的 補 品。
yàn wō yàn wō jiù shì yàn zi fēn mì de tuò yè shì zhēn guì de bǔ pǐn

毛

ㄇㄠˊ

máo

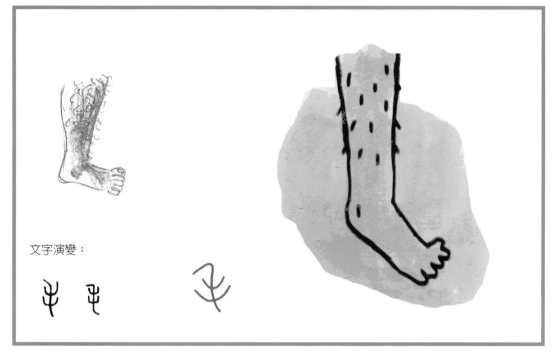

文字演變：

像 獸 毛 聚 集 叢 生 的 樣 子。 後 來 是 人 的 眉 髮 與
xiàng shòu máo jù jí cóng shēng de yàng zi　hòu lái shì rén de méi fǎ yǔ

獸 毛 的 通 稱。
shòu máo de tōng chēng

━━━━━━ 造句示例 ━━━━━━

羽毛 (feather)：鳥 因 為 身 上 有 許 多 羽毛，所 以 不 怕 冷。
yǔ máo　　　　　nǎo yīn wèi shēn shang yǒu xǔ duō yǔ máo　suǒ yǐ bù pà lěng

眉毛 (eyebrow)：爸 爸 的 眉 毛 非 常 濃 密。
méi mao　　　　　bà ba de méi mao fēi cháng nóng mì

羽 ㄩˇ

yǔ

文字演變：

羽 羽　　羽羽

像　兩　根　羽　毛　的　形　狀　，意　思　是　鳥　類　翅　膀　上　的　長　毛。
xiàng liǎng gēn yǔ máo de xíng zhuàng　　yì si shì niǎo lèi chì bǎng shàng de cháng máo

164

造句示例

羽翼 (wing)：小　雞　在　母　雞　的　羽　翼　下　漸　漸　長　大。
yǔ yì　　　xiǎo jī zài mǔ jī de yǔ yì xià jiàn jiàn zhǎng dà

羽絨 (down)：下雪了，出　門　要　記　得　穿　上　羽　絨　大　衣。
yǔ róng　　　xià xuě le chū mén yào jì de chuān shàng yǔ róng dà yī

習

ㄒㄧˊ

xí

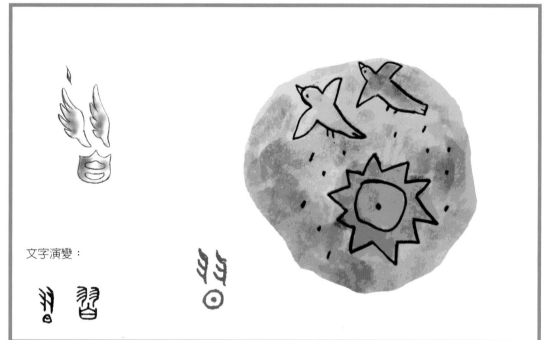

文字演變：

由「羽」和「日」組合成「習」，是個會意字。日指白天，
yóu yǔ hàn rì zǔ hé chéng xí shì ge huì yì zì rì zhǐ bái tiān

鳥常在天上飛，所以「習」有恆常重複之意，後來
niǎo cháng zài tiān shàng fēi suǒ yǐ xí yǒu héng cháng chóng fù zhī yì hòu lái

日變成了白。引申為「練習」、「學習」的意思。
rì biàn chéng le bái yǐn shēn wéi liàn xí xué xí de yì si

造句示例

練習 (exercise)：弟弟數學不好，媽媽要他多多練習，才會進步。
liàn xí　　　　　　　dì di shù xué bù hǎo　mā ma yào tā duō duō liàn xí　cái huì jìn bù

習慣 (habit)：只要養成運動的習慣，身體自然會變好。
xí guàn　　　　　　zhǐ yào yǎng chéng yùn dòng de xí guàn　shēn tǐ zì rán huì biàn hǎo

植物篇

木
ㄇㄨˋ

mù

文字演變：

象 形 字，像 一 棵 樹 的 樣 子。上 面 是 分 叉 的 樹 枝，
xiàng xíng zì　xiàng yì kē shù de yàng zi　　shàng miàn shì fēn chà de shù zhī
下 面「木」像 樹 根。
xià miàn　　　xiàng shù gēn

造句示例

樹 木 (trees)：我 們 要 愛 護 樹 木、重 視 環 保。
shù mù　　　　　　wǒ men yào ài hù shù mù　zhòng shì huán bǎo

木 板 床 (plank bed)：爺 爺 睡 不 習 慣 彈 簧 床，還 是 喜 歡 睡 木 板 床。
mù bǎn chuáng　　　yé ye shuì bù xí guàn tán huáng chuáng　hái shi xǐ huan shuì mù bǎn chuáng

林 ㄌㄧㄣˊ

lín

文字演變：

兩 棵 樹 木 並 排 著，表 示 樹 木 多。是 種 把 兩、三 個
liǎng kē shù mù bìng pái zhe　biǎo shì shù mù duō　shì zhǒng bǎ liǎng　sān ge

同 樣 事 物 放 在 一 起，以 表 示 數 量 的 字。
tóng yàng shì wù fàng zài yì qǐ　yǐ biǎo shì shù liàng de zì

造句示例

森林 (forest)：週 末 我 們 全 家 要 去 森 林 裡 野 餐。
sēn lín　　　　zhōu mò wǒ men quán jiā yào qù sēn lín lǐ yě cān

林立 (stand ingreat nmbers)：大 都 市 裡 高 樓 大 廈 到 處 林 立。
lín lì　　　　　　　　　　dà dōu shì lǐ gāo lóu dà shà dào chù lín lì

巢

ㄔㄠˊ

cháo

文字演變：

「巢」字下面是「木」，上面「田」是鳥窩，「巛」表
cháo zì xià miàn shì mù shàng miàn tián shì niǎo wō chuān biǎo

示有很多小鳥在窩裡。字形就像小鳥在樹上做窩。
shì yǒuhěn duō xiǎo niǎo zài wō lǐ zì xíng jiù xiàng xiǎo niǎo zài shù shàng zuò wō

造句示例

鳥巢 (bird's nest)：我家的屋簷下發現一個鳥巢。
niǎo cháo wǒ jiā de wū yán xià fā xiàn yī gè niǎo cháo

巢穴 (nest)：獵人到處尋找野獸的巢穴。
cháo xué liè rén dào chù xúnzhǎo yě shòu de cháo xué

片

ㄆㄧㄢˋ

piàn

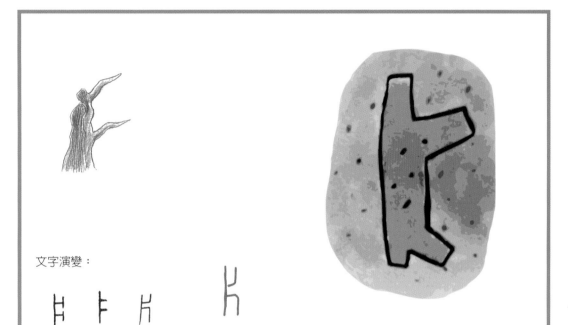

文字演變：

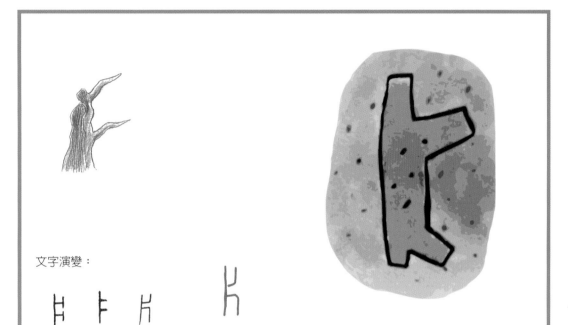

把「米」（木）剖成一半，右半就是「片」（片），左
bǎ   mù   pǒu chéng yí bàn   yòu bàn jiù shì   piàn   zuǒ

半是「爿」。所以「片」的本義是「半木」。現在「片」
bàn shì   qiáng   suǒ yǐ   piàn   de běn yì shì   bàn mù   xiàn zài   piàn

可以作量詞用，如三「片」花瓣、兩「片」餅乾 等。
kě yǐ zuò liàng cí yòng   rú sān   piàn   huā bàn   liǎng   piàn   bǐng gān děng

薄而平的塊 狀 物也叫「片」，如：「肉片」、「木片」、
bó ér píng de kuài zhuàng wù yě jiào   piàn   rú   ròu piàn   mù piàn

「紙片」等。
zhǐ piàn   děng

造句示例

片 刻（moment）：中 午休息時間，我都習慣小睡片刻。
piàn kè   zhōng wǔ xiū xi shí jiān   wǒ dū xí guàn xiǎo shuì piàn kè

名 片（business card）：酒會中 大家都在交換名片，方 便彼此認識。
míng piàn   jiǔ huì zhōng dà jiā dōu zài jiāo huàn míng piàn   fāng biàn bǐ cǐ rèn shi

171

果

ㄍㄨㄛˇ

guǒ

文字演變：

像 很 多 果 實 長 在 樹 木 上 的 樣 子。後 來 只 以 一 個
xiàng hěn duō guǒ shí zhǎng zài shù mù shàng de yàng zi　hòu lái zhǐ yǐ yí ge

果（果）子 來 表 示。
guǒ　　　zi lái biǎo shì

造句示例

果 實 (fruit)：我 家 種 的 蘋 果 樹 上 現 在 結 滿 了 果 實。
guǒ shí　　　　wǒ jiā zhòng de píng guǒ shù shàng xiàn zài jié mǎn le guǒ shí

成 果 (result)：這 次 的 成 果 發 表 會 辦 得 非 常 成 功。
chéng guǒ　　　zhè cì de chéng guǒ fā biǎo huì bàn dé fēi cháng chéng gōng

麥

ㄇㄞˋ

mài

文字演變：

象形字，字形像麥子的形狀，下面「夊」是人的
xiàng xíng zì zì xíng xiàng mài zi de xíng zhuàng xià miàn suī shì rén de
腳，古時「來」就是「麥」，「麥」是人走在麥田上，
jiǎo gǔ shí lái jiù shì mài   mài   shì rén zǒu zài mài tián shàng
去採收麥子的意思。
qù cǎi shōu mài zi de yì si

━━━━━ 造句示例 ━━━━━

小麥(wheat)：小麥是做麵包的重要原料。
xiǎo mài   xiǎo mài shì zuò miàn bāo de zhòng yào yuán liào

燕麥(oats)：多吃燕麥可以降低膽固醇。
yàn mài   duō chī yàn mài kě yǐ jiàng dī dǎn gù chún

禾

ㄏㄜˊ

hé

文字演變：

像 一 株 已 經 成 熟 的 莊 稼，沉 甸 甸 的 穀 穗
xiàng yì zhū yǐ jīng chéng shú de zhuāng jià chén diàn diàn de gǔ suì
把 上 端 壓 彎 而 低 垂。它 就 像 稻 禾 之 形。
bǎ shàng duān yā wān ér dī chuí tā jiù xiàng dào hé zhī xíng

174

造句示例

稻 禾 (paddy)：田 裡 金 黃 色 的 稻 禾 在 陽 光 下 閃 閃 發 亮。
dào hé tián lǐ jīn huáng sè de dào hé zài yáng guāng xià shǎn shǎn fā liàng

秋 天 (autumn)：秋 天 來 了，楓 葉 都 紅 了。
qiū tiān qiū tiān lái le fēng yè dōu hóng le

生

ㄕㄥ

shēng

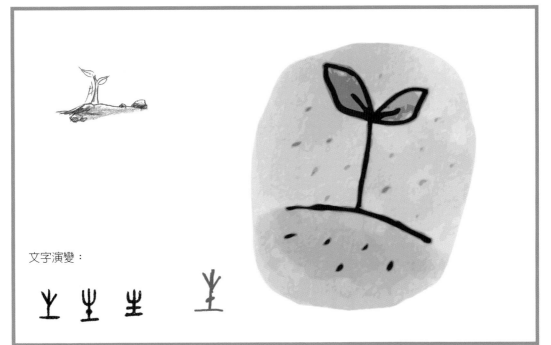

文字演變：

字　形　像　地　面　上　長　出　了　一　株　嫩　苗。是　生　長、
zì xíng xiàng dì miàn shàng zhǎng chū le yì zhū nèn miáo　shì shēng zhǎng

長　出　的　意　思。
zhǎng chū de yì si

━━━━ 造句示例 ━━━━

生　長 (grow)：春　天　是　萬　物　生　長　的　季　節。
shēng zhǎng　　　　chūn tiān shì wàn wù shēng zhǎng de jì jié

生　產 (produce)：這　間　工　廠　生　產　很　多　3C　產　品。
shēng chǎn　　　　zhè jiān gōng chǎng shēng chǎn hěn duō　chǎn pǐn

草
ㄘㄠˇ

cǎo

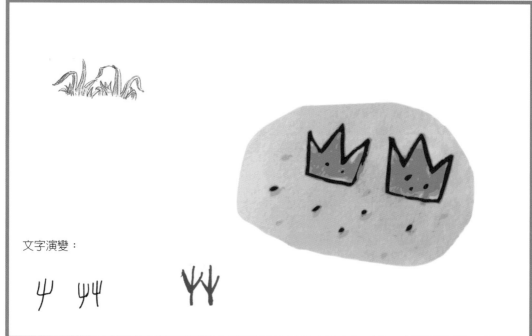

文字演變：

草字原來寫成「艸」，「艸」從兩個「屮」，像草從地
cǎo zì yuán lái xiě chéng　 cǎo 　　　 cǎo　cóng liǎng ge　 chè　 xiàng cǎo cóng dì

上　生出的樣子，「艸」是草的總名。「艸」當字的
shàng shēng chū de yàng zi　　 cǎo 　shì cǎo de zǒng míng　　 cǎo　dāng zì de

上偏旁時，寫成「艹」，如：芒、花、苗等字。今艸字
shàng piān páng shí　xiě chéng　　　 rú　máng　huā　miáo děng zì　jīn cǎo zì

寫作草，從艹早聲，成了形聲字。
xiě zuò cǎo　cóng zǎo shēng　 chéng le xíng shēng zì

造句示例

草地 (grassland)：小狗在草地上跑來跑去,開心極了。
cǎo dì 　　　　　　　　xiǎo gǒu zài cǎo dì shàng pǎo lái pǎo qù　kāi xīn jí le

草莓 (strawberry)：我最喜歡吃草莓口味的冰淇淋。
cǎo méi 　　　　　　　wǒ zuì xǐ huan chī cǎo méi kǒu wèi de bīng qí lín

苗 ㄇㄧㄠˊ

miáo

文字演變：

像「艸」生長在「田」裡，是剛長出來還沒有
xiàng cǎo shēng zhǎng zài tián lǐ shì gāng zhǎng chū lái hái méi yǒu
苗 壯 的 幼 禾。
zhuó zhuàng de yòu hé

造句示例

苗 圃 (nursery)：外 婆 家 有 一 大 片 苗 圃。
miáo pǔ   wài pó jiā yǒu yī dà piàn miáo pǔ

魚 苗 (fry)：魚 苗 養 殖 可 以 繁 殖 許 多 稀 有 的 魚 類。
yú miáo   yú miáo yǎng zhí kě yǐ fán zhí xǔ duō xī yǒu de yú lèi

瓜

ㄍㄨㄚ

guā

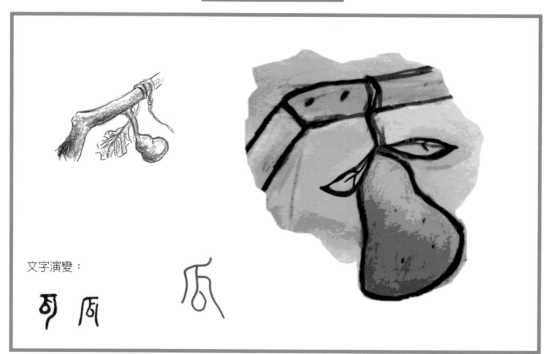

文字演變：

字形像瓜藤上掛著一個「瓜」果。兩邊是葉
zì xíng xiàng guā téng shàng guà zhe yí ge guā guǒ liǎng biān shi yè
子，中間是果實。
zi zhōng jiān shi guǒ shí

178

造句示例

西瓜 (watermelon)：夏天吃西瓜最清涼解渴了。
xī guā xià tiān chī xī guā zuì qīng liáng jiě kě le

瓜子 (melon seeds)：我最喜歡一邊嗑瓜子，一邊看電視。
guā zǐ wǒ zuì xǐ huan yī biān kè guā zǐ yī biān kàn diàn shì

竹

ㄓㄨˊ

zhú

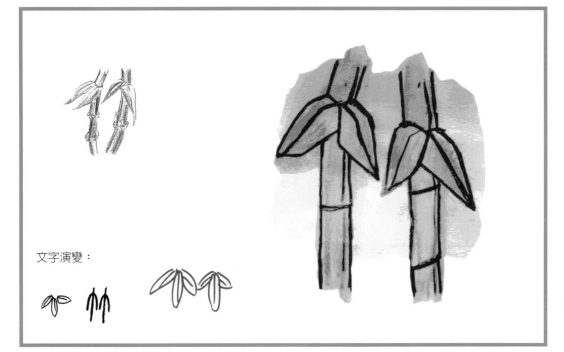

文字演變：

象 形 文。依 竹 葉 的 形 狀 描 繪 的 字。原 是 三 畫
xiàng xíng wén　　yī zhú yè de xíng zhuàng miáo huì de zì　yuán shì sān huà

（ ），後 重 複 出 現，以 表 示 多 的 意 思。
hòu chóng fù chū xiàn　　yǐ biǎo shì duō de yì si

造句示例

竹子 (bamboo)：我 家 後 山 的 山 坡 上 ，有 許 多 竹 子。
zhú zi　　　　　　　wǒ jiā hòu shān de shān pō shàng yǒu xǔ duō zhú zi

竹筍 (bamboo shoots)：夏 天 到 了，我 要 媽 媽 做 涼 拌 竹 筍 給 我 吃。
zhú sǔn　　　　　　　　xià tiān dào le　wǒ yào mā ma zuò liáng bàn zhú sǔn gěi wǒ chī

米

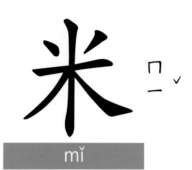

ㄇㄧˇ

mǐ

文字演變：

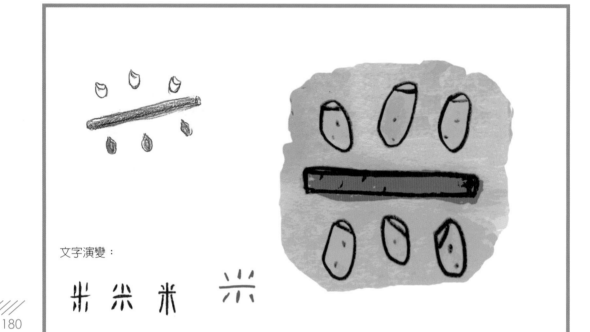

像 一 些 散 開 的 米 粒 ， 中 間 的 「一」 在 甲 骨 文、
xiàng yì xiē sàn kāi de mǐ lì zhōng jiān de yī zài jiǎ gǔ wén

金 文 中 作 左 右 一 橫 線 ， 表 示 區 隔 的 木 條 。
jīn wén zhōng zuò zuǒ yòu yì héng xiàn biǎo shì qū gé de mù tiáo

180

造句示例

稻 米 (rice)： 稻 米 是 中 國 南 方 人 的 主 要 糧 食 。
dào mǐ　　　　　dào mǐ shì zhōng guó nán fāng rén de zhǔ yào liáng shi

米 色 (beige)： 媽 媽 買 了 一 件 米 色 的 洋 裝 給 我 。
mǐ sè　　　　　mā ma mǎi le yī jiàn mǐ sè de yáng zhuāng gěi wǒ

葉
ㄧㄝˋ

yè

文字演變：

「葉」是「艹」頭加「枼」的字。「枼」古代同「葉」字，
yè shì cǎo tóu jiā yè de zì yè gǔ dài tóng yè zì
指樹木的葉子，也可以表示薄木片。漢字的右邊寫成
zhǐ shù mù de yè zi yě kě yǐ biǎo shì bó mù piàn hàn zì de yòu biān xiě chéng
「枼」，都有扁平的意思。
yè dōu yǒu biǎn píng de yì si

181

=== 造句示例 ===

葉子 (leaf)：葉子上有小蟲爬來爬去。
yè zǐ yè zi shàng yǒu xiǎo chóng pá lái pá qù

樹葉 (leaves)：陽光灑在樹葉上，很漂亮！
shù yè yáng guāng sǎ zài shù yè shàng hěn piào liang

器皿文物篇

貝
ㄅㄟˋ
bèi

文字演變：

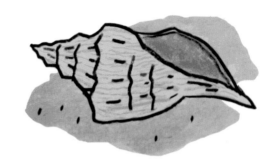

184

「貝」是珍貴的「貝」類，它是象形文字，「貝」下面
bèi shì zhēn guì de bèi lèi tā shì xiàng xíng wén zì bèi xià miàn
的兩撇是活貝殼的兩條觸鬚。古時候以「貝」作爲交易
de liǎng piě shì huó bèi ké de liǎng tiáo chù xū gǔ shí hòu yǐ bèi zuò wéi jiāo yì
的貨幣，所以它是有「價值」的東西。
de huò bì suǒ yǐ tā shì yǒu jià zhí de dōng xī

造句示例

貝殼 (shell)：我去海邊撿了很多美麗的貝殼。
bèi ké   wǒ qù hǎi biān jiǎn le hěn duō měi lì de bèi ké

寶貝 (treasured object)：妹妹收藏了很多漂亮的髮夾，這些都
bǎo bèi   mèi mei shōu cáng le hěn duō piào liàng de fà jiā zhè xiē dōu

是她的寶貝，不輕易拿出來戴。
shì tā de bǎo bèi bù qīng yì ná chū lái dài

買
ㄇㄞˇ

mǎi

文字演變：

　　上　面　是「網」，下　面　是「貝」。表　示　網　著　值　錢　的　東　西，
　　shàng miàn shì　wǎng　　xià miàn shì　bèi　　biǎo shì wǎng zhe zhí qián de dōng xī

就　是「買」。
jiù　shì　　mǎi

═══ 造句示例 ═══

買　東　西 (shopping)：我　陪　媽　媽　上　街　買　東　西。
mǎi dōng xi　　　　　　　　wǒ péi mā ma shàng jiē mǎi dōng xi

買　單 (pay)：這　頓　母　親　節　大　餐　由　哥　哥　買　單。
mǎi dān　　　　zhè dùn mǔ qīn jié dà cān yóu gē ge mǎi dān

賣

ㄇ、
ㄞ

mài

文字演變：

「賣」字上　面是「出」，表示把已擁有的東　西出讓給
mài　　zì shàng miàn shì　　chū　　biǎo shì bǎ yǐ yōng yǒu de dōng xī chū ràng gěi
他人。後來「出」簡　省　成「士」。所以，買來的東西，再給
tā rén　hòu lái　chū　jiǎn shěng chéng　shì　　suǒ yǐ　mǎi lái de dōng xī　zài gěi
它出去，就是賣。買賣就　成　了做　生　意。
tā chū qù　jiù shì mài　mǎi mài jiù chéng le zuò shēng yi

造句示例

賣　東　西 (sell things)：外　婆　雖　然　年　紀大，但　還　在　市　場　賣　東　西。
mài dōng xī　　　　　　　　wài pó suī rán nián jì dà dàn hái zài shì chǎng mài dōng xī
拍　賣 (auction)：隔　壁　張　阿姨房　貸　繳　不出　來，房　子被　銀　行　拍賣了。
pāi mài　　　　　　gé bì zhāng ā yí fáng dài jiǎo bù chū lái　fáng zi bèi yín háng pāi mài le

舟

ㄓ
ㄡ

zhōu

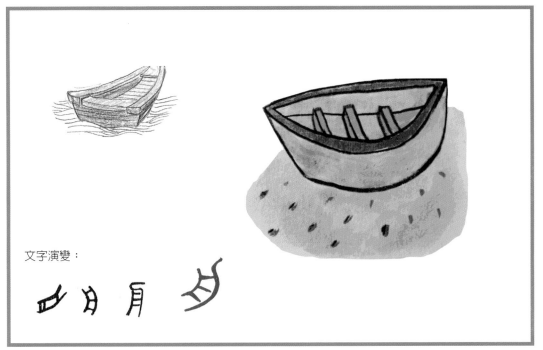

文字演變：

這是一個象形字，像一艘彎彎的「小船」，船上還
zhè shì yí ge xiàng xíng zì　xiàng yì sōu wān wān de　xiǎo chuán　chuán shàng hái

有橫木，十分逼真。有「舟」偏旁的字，大都與船有關，
yǒu héng mù　shí fēn bī zhēn　yǒu　zhōu　piān páng de zì　dà dōu yǔ chuán yǒu guān

如：「船」、「艇」、「艦」等字。
rú　chuán　tǐng　jiàn　děng zì

187

造句示例

舟車 (vessel and vthicle)：我們從上海到新疆旅遊，一路上舟
zhōu chē　　　　　　　　　　wǒ men cóng shàng hǎi dào xīn jiāng lǚ yóu　yī lù shang zhōu

車勞頓。
chē láo dùn

獨木舟 (canoe)：放假時哥哥總帶著我到湖邊划獨木舟。
dú mù zhōu　　　　　fàng jià shí gē ge zǒng dài zhe wǒ dào hú biān huà dú mù zhōu

車

ㄔㄜ

chē

文字演變：

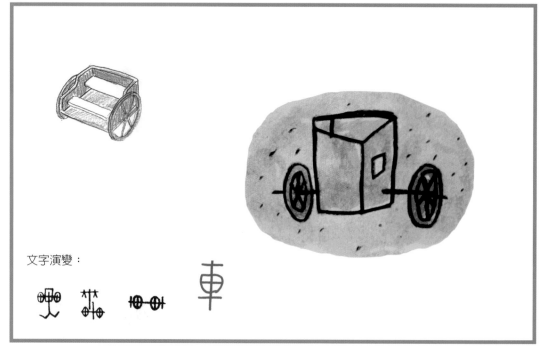

這 是 一 個 象 形 字 。 橫 看 左 右 為 車 輪 ， 中 間 像
zhè shì yí ge xiàng xíng zì　héng kàn zuǒ yòu wéi chē lún　zhōng jiān xiàng

車 廂 。
chē xiāng

造句示例

火 車 (train)：我 們 坐 火 車 到 鄉 下 看 外 婆 。
huǒ chē　　　　　wǒ men zuò huǒ chē dào xiāng xia kàn wài pó

開 車 (drive)：開 車 要 注 意 前 後 左 右 ， 小 心 謹 慎 。
kāi chē　　　　　kāi chē yào zhù yì qián hòu zuǒ yòu　xiǎo xīn jǐn shèn

冊

ㄘ、
ㄜ、

cè

文字演變：

直豎的線條，表示竹簡；橫向的曲線，是把竹簡編
zhí shù de xiàn tiáo biǎo shì zhú jiǎn héng xiàng de qū xiàn shì bǎ zhú jiǎn biān

串起來的皮繩。所以，把寫了文字的竹簡編串起來，
chuàn qǐ lái de pí shéng suǒ yǐ bǎ xiě le wén zì de zhú jiǎn biān chuàn qǐ lái

就稱爲「冊」。
jiù chēng wéi cè

造句示例

名冊 (register)：這次運動會的隊員名冊由我來負責整理。
míng cè zhè cì yùn dòng huì de duì yuán míng cè yóu wǒ lái fù zé zhěng lǐ

手冊 (manual)：媽媽新買了一臺微波爐，正在研究使用手冊。
shǒu cè mā ma xīn mǎi le yī tái wēi bō lú zhèng zài yán jiū shǐ yòng shǒu cè

典

ㄉㄧㄢˇ

diǎn

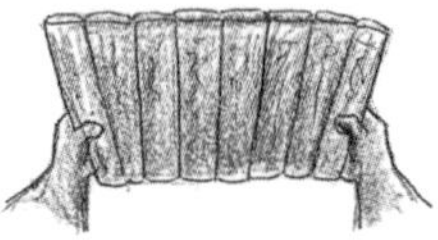

文字演變：

由「冊」和雙手（𠬞）組合而成；用兩手捧著簿冊，
yóu cè hàn shuāng shǒu zǔ hé ér chéng yòng liǎng shǒu pěng zhe bù cè

表示這是重要的文獻或書籍。後來引申為制度或法則的
biǎo shì zhè shì zhòng yào de wén xiàn huò shū jí hòu lái yǐn shēn wéi zhì dù huò fǎ zé de

意思。如：「典禮」、「字典」等。
yì si rú diǎn lǐ zì diǎn děng

造句示例

字典(dictionary)：學習中文，遇到不會的字就要查字典。
zì diǎn xué xí zhōng wén yù dào bù huì de zì jiù yào chá zì diǎn

典禮(ceremony)：我們全家去參加哥哥的畢業典禮。
diǎn lǐ wǒ men quán jiā qù cān jiā gē ge de bì yè diǎn lǐ

京

ㄐ一ㄥ

jīng

文字演變：

本義是「高」。字形 像一座高高的 城，上 面有尖頂，
běn yì shì gāo　　zì xíng xiàng yí zuò gāo gāo de chéng　shàng miàn yǒu jiān dǐng

有 城 樓，下 面有城 牆。「巾」表示 關 閉的 城 門。由 於
yǒu chéng lóu　xià miàn yǒu chéng qiáng　jīn　biǎo shì guān bì de chéng mén　yóu yú

國 都多 建 在 高 地 上，又 引 申 爲 首都（京 城）。
guó dū duō jiàn zài gāo dì shàng　yòu yǐn shēn wéi shǒu dū　jīng chéng

---

造句示例

北 京 (Beijing)：北 京 是 中 國 的 首 都。
běi jīng　　　　　běi jīng shì zhōng guó de shǒu dū

京 城 (capital)：古 時 候 中 國 的 學 子 都 要 到 京 城 參 加 國 家 級
jīng chéng　　　gǔ shí hòu zhōng guó de xué zǐ dōu yào dào jīng chéng cān jiā guó jiā jí

考 試。
kǎo shì

高 ㄍㄠ

gāo

文字演變：

像一座高樓的建築物，上面是樓頂，中間是樓層，
xiàng yí zuò gāo lóu de jiàn zhù wù   shàng miàn shì lóu dǐng   zhōng jiān shì lóu céng

下面是高樓的門。以高樓來泛指「高」的意思。
xià miàn shì gāo lóu de mén   yǐ gāo lóu lái fàn zhǐ   gāo   de yì si

造句示例

高大 (tall)：爸爸是籃球國手，長得十分高大。
gāo dà   bà ba shì lán qiú guó shǒu   zhǎng de shí fēn gāo dà

高興 (happy)：媽媽答應明天要帶我和妹妹去逛街，我真是高興。
gāo xìng   mā ma dā ying míng tiān yào dài wǒ hé mèi mei qù guàng jiē wǒ zhēn shi gāo xìng

國

ㄍㄨㄛˊ

guó

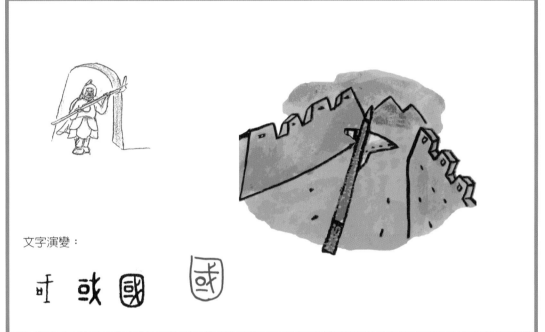

文字演變：

原作「或」字，是用「戈」來防守「囗」（城邑），後
yuán zuò huò zì shì yòng gē lái fáng shǒu chéng yì hòu

來在字的周圍加方框，表示疆域，而構成「國」字。
lái zài zì de zhōu wéi jiā fāng kuāng biǎo shì jiāng yù ér gòu chéng guó zì

193

造句示例

國家 (country)：每一個人都應該愛自己的國家。
guó jiā　　　　　　　měi yī ge rén dōu yīng gāi ài zì jǐ de guó jiā

國旗 (national flag)：當國旗在比賽中升起，選手們都熱淚
guó qí　　　　　　　dāng guó qí zài bǐ sài zhōng shēng qǐ　xuǎn shǒu men dōu rè lèi

盈眶。
yíng kuàng

皿

ㄇㄧㄣˇ

mǐn

文字演變：

像一個盛放東西的容器。由「皿」組成的字，一般都
xiàng yí ge chéng fàng dōng xī de róng qì yóu mǐn zǔ chéng de zì yī bān dōu

與容器有關，如：「盆」、「盒」、「盤」等字。
yǔ róng qì yǒu guān rú pén hé pán děng zì

造句示例

器皿 (utensil)：這間店裡的器皿都是從歐洲進口的。
qì mǐn zhè jiān diàn lǐ de qì mǐn dōu shì cóng ōu zhōu jìn kǒu de

盒子 (box)：弟弟收集很多盒子來裝玩具。
hé zi dì di shōu jí hěn duō hé zi lái zhuāng wán jù

血

ㄒㄧㄝˇ

xiě

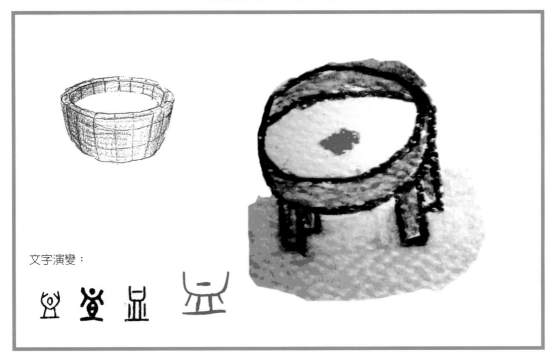

文字演變：

195

「皿」中有一點，那一點表示古時用以祭祀的
mǐn zhōng yǒu yī diǎn nà yī diǎn biǎo shì gǔ shí yòng yǐ jì sì de

牲畜的「血」。
shēng chù de xiě

造句示例

血型（blood type）：我的血型是O型。
xiě xíng　　　　　　wǒ de xiě xíng shì　xíng

流血（bleed）：我切菜不小心，使手指流血了。
liú xiě　　　　　wǒ qiē cài bù xiǎo xīn　　shǐ shǒu zhǐ liú xiě le

益 ˋ

yì

文字演變：

「益」是「溢」的本字。水高出了「皿」，當然要滿出
yì　　 shì　 yì　　de běn zì　 shuǐ gāo chū le　 mǐn　　 dāng rán yào mǎn chū

來。後來借用「益」字來表示更多、更好，於是水滿出器皿
lái　 hòu lái jiè yòng　 yì　 zì lái biǎo shì gèng duō　 gèng hǎo　 yú shì shuǐ mǎn chū qì mǐn

就再加「氵」旁，成「溢」字。
jiù zài jiā　 shuǐ　 páng　 chéng　 yì　 zì

造句示例

公　益 (public welfare)：這次拍賣會所得會全部捐做公益用途。
gōng yì　　　　　　　　　　　zhè cì pāi mài huì suǒ dé huì quán bù juān zuò gōng yì yòng tú

益處 (benefit)：運動對身體益處很多。
yì　 chu　　　　　 yùn dòng duì shēn tǐ yì chu hěn duō

戈

《ㄜ

gē

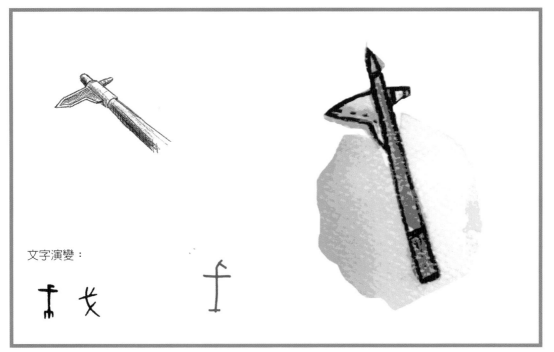

文字演變：

「戈」是古代的一種武器，有長柄，上端有橫刃。後
gē shì gǔ dài de yì zhǒng wǔ qì yǒu cháng bǐng shàng duān yǒu héng rèn hòu

來凡是從「戈」的字都與兵器有關，如：「戰」、「伐」、「戲」、
lái fán shì cóng gē de zì dōu yǔ bīng qì yǒu guān rú zhàn fá xì

「或」等字。
huò děng zì

造句示例

大 動 干 戈 (go to war)：電 腦 只 有 一 點 小 毛 病，其 實 不 必 大 動
dà dòng gān gē　　　　　diàn nǎo zhǐ yǒu yī diǎn xiǎo máo bìng qí shí bù bì dà dòng

干 戈 拆 掉 重 組。
gān gē chāi diào chóng zǔ

枕 戈 待 旦 (all set to start the bartle)：打 仗 時 要 抱 著 枕 戈 待 旦 的
zhěn gē dài dàn　　　　　　　　　dǎ zhàng shí yào bào zhe zhěn gē dài dàn de

心 情，才 能 團 結 一 心、贏 得
xīn qíng cái néng tuán jié yī xīn yíng dé

勝 利。
shèng lì

斤

ㄐㄧㄣ

jīn

文字演變：

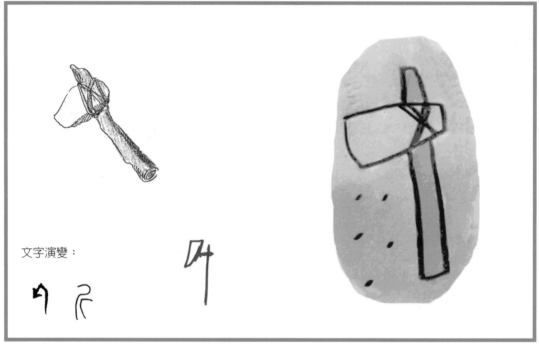

原指一種 長柄石斧，後來多用作重量單位名。
yuán zhǐ yì zhǒng cháng bǐng shí fǔ　hòu lái duō yòng zuò zhòng liàng dān wèi míng

從「斤」的字都與斧頭有關，如：「斧」、「斫」。
cóng　jīn　de zì dōu yǔ fǔ tou yǒu guān　rú　fǔ　zhuó

造句示例

一 斤 (a pound)：媽 媽 笑 妹 妹 嘟 著 嘴，嘴 上 都 能 挂 一 斤 豬 肉 了。
yī jīn　　　　　mā ma xiào mèi mei dū zhe zuǐ　zuǐ shàng dōu néng guà yī jīn zhū ròu le

斤 斤 計 較 (haggle over every ounce)：交 朋 友 就 要 誠 心 相 待，凡 事
jīn jīn jì jiào　　　　　　　　　　jiāo péng you jiù yào chéng xīn xiāng dài　fán shì

不 要 斤 斤 計 較。
bù yào jīn jīn jì jiào

弓
《ㄨㄥ
gōng

文字演變：

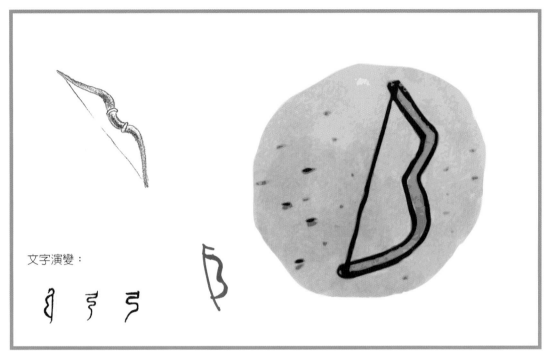

像 一 把 弓 的 形 狀 。 它 是 象 形 文 。
xiàng yì bǎ gōng de xíng zhuàng　tā　shì xiàng xíng wén

199

造句示例

彈 弓（sling）：弟 弟 要 用 彈 弓 打 樹 上 的 小 鳥，被 我 制 止 了。
dàn gōng　　　　dì di yào yòng dàn gōng dǎ shù shàng de xiǎo niǎo bèi wǒ zhì zhǐ le

弓 箭（bow and arrow）：古 時 候 沒 有 槍 砲，戰 士 們 拿 弓 箭 上 戰 場。
gōng jiàn　　　　　　　gǔ shí hòu méi yǒu qiāng pào zhàn shì men ná gōng jiàn shàng zhàn chǎng

刀

ㄉㄠ

dāo

文字演變：

字 形 像 一 把 刀 的 樣 子，刀 柄、刀 身 結 成「刀」。
zì xíng xiàng yì bǎ dāo de yàng zi　dāo bǐng　dāo shēn jié chéng　dāo

「刀」當 字 的 右 偏 旁 時，寫 成〔刂〕，如：「刮」、
dāo　dāng zì de yòu piān páng shí　xiě chéng　dāo　rú　guā

「刻」、「列」等 字。
kè　　　liè　děng zì

造句示例

刀 子 (knife)：媽 媽 說 妹 妹 年 紀 太 小，不 能 拿 刀 子，以 免 受 傷。
dāo zi　　　　　　　　mā ma shuō mèi mei nián jì tài xiǎo　bù néng ná dāo zi　yǐ miǎn shòu shāng

拔 刀 相 助 (draw one's sword and come to the resscue)：
bá dāo xiāng zhù

　　做 人 要 講 義 氣，朋 友 有 困 難 應 該 要 拔 刀 相 助。
　　zuò rén yào jiǎng yì qì　　péng you yǒu kùn nan yīng gāi yào bá dāo xiāng zhù

工

ㄍ
ㄨ
ㄥ

gōng

文字演變：

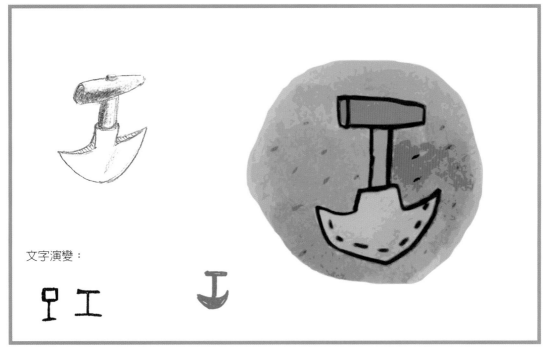

古字的「工」是一把刀具的樣子，本義是「工具」的
gǔ zì de　gōng　shì yì bǎ dāo jù de yàng zi　běn yì　shì　gōng jù　de

意思。
yì si

造句示例

工具 (tool)：裝修房子時需要很多測量的工具。
gōng jù　　　 zhuāng xiū fáng zi shí xū yào hěn duō cè liáng de gōng jù

工人 (worker)：工地有許多工人正在辛苦的工作。
gōng rén　　　 gōng dì yǒu xǔ duō gōng rén zhèng zài xīn kǔ de gōng zuò

兵
ㄅ
ㄧ
ㄥ

bīng

文字演變：

「斤」（丩）是斧頭，斧頭可泛指兵器。兩隻手拿著
　　 jīn　　　　 shì fǔ tou　 fǔ tou kě fàn zhǐ bīng qì　 liǎng zhī shǒu ná zhe

兵 器，就是「兵」。它可以解釋為兵器，也可以解釋為持兵器
bīng qì　 jiù shì　 bīng　　 tā kě yǐ jiě shì wéi bīng qì　 yě kě yǐ jiě shì wéi chí bīng qì

的 軍 人。
de jūn rén

202

造句示例

兵 器 (weapon)：古 時 候 有 許 多 兵 器，但 現 在 都 失 傳 了。
bīng qì　　　　　　　 gǔ shí hòu yǒu xǔ duō bīng qì dàn xiàn zài dōu shī chuán le

當 兵 (to be a soldier)：許 多 國 家 都 把 當 兵 視 為 國 民 應 盡 的 義 務。
dāng bīng　　　　　　　 xǔ duō guó jiā dōu bǎ dāng bīng shì wéi guó mín yīng jìn de yì wù

酒

ㄐㄧㄡˇ

jiǔ

文字演變：

酒是「氵」加「酉」的字，「酉」是酒器。字形像一
jiǔ shì shuǐ jiā yǒu de zì yǒu shì jiǔ qì zì xíng xiàng yí

個酒罈的形狀。後來被假借爲干支名，本義消失，
ge jiǔ tán de xíng zhuàng hòu lái bèi jiǎ jiè wéi gān zhī míng běn yì xiāo shī

今用酒字。
jīn yòng jiǔ zì

━━━━━━━━ 造句示例 ━━━━━━━━

喝酒 (drink)：喝酒之後就不要開車，以免危險。
hē jiǔ   hē jiǔ zhī hòu jiù bù yào kāi chē yǐ miǎn wēi xiǎn

葡萄酒 (wine)：葡萄酒甜甜的，很好喝。
pú táo jiǔ   pú táo jiǔ tián tián de hěn hǎo hē

豆

ㄉ、ㄡˋ

dòu

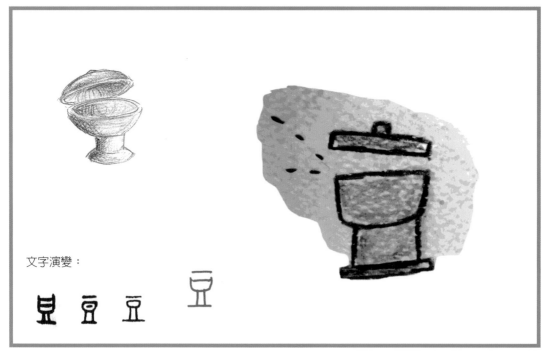

文字演變：

「豆」原是古代一種盛食物的祭器，有高足，上面
dòu yuán shì gǔ dài yì zhǒng chéng shí wù de jì qì yǒu gāo zú shàng miàn

還有蓋子。至於植物中的豆類，古稱「菽」，後來才叫「豆」。
hái yǒu gài zi zhì yú zhí wù zhōng de dòu lèi gǔ chēng shú hòu lái cái jiào dòu

「菽」代表植物，「卡」像初生之芽，又「又」是用手去摘
shú dài biǎo zhí wù xiàng chū shēng zhī yá yòu shì yòng shǒu qù zhāi

取的意思。後來有方言稱「菽」爲「豆」，於是「豆」就有兩
qǔ de yì si hòu lái yǒu fāng yán chēng shú wéi dòu yú shì dòu jiù yǒu liǎng

意：一是表示禮器，如：「俎豆千秋」（千秋萬世永遠祭祀）；
yì yī shì biǎo shì lǐ qì rú zǔ dòu qiān qiū qiān qiū wàn shì yǒng yuǎn jì sì

一是表示植物，如：「綠豆」、「豆芽」等。
yī shì biǎo shì zhí wù rú lù dòu dòu yá děng

造句示例

綠豆 (green beans)：熱的時候喝碗綠豆湯，清涼退火。
lù dòu　　　　　　　rè de shí hou hē wǎn lù dòu tāng　qīng liáng tuì huǒ

紅豆 (red beans)：我喜歡吃紅豆麵包。
hóng dòu　　　　　wǒ xǐ huan chī hóng dòu miàn bāo

豐

ㄈㄥ

fēng

文字演變：

　將許多稻禾或祭品放在高腳的祭器中，表示豐富的
jiāng xǔ duō dào hé huò jì pǐn fàng zài gāo jiǎo de jì qì zhōng biǎo shì fēng fù de
意思。「豐」字下面是「豆」，「豆」的本義是高足的祭祀器
yì si fēng zì xià miàn shì dòu dòu de běn yì shì gāo zú de jì sì qì
皿，上面放著豐富的祭品。
mǐn shàng miàn fàng zhe fēng fù de jì pǐn

造句示例

豐富 (rich)：聽完這場演講，我收穫豐富。
fēng fù 　　　　tīng wán zhè chǎng yǎn jiǎng wǒ shōu huò fēng fù

豐收 (bumper harvest)：今年天候狀況佳，農作物都大豐收。
fēng shōu 　　　　　　jīn nián tiān hòu zhuàng kuàng jiā nóng zuò wù dōu dà fēng shōu

合

ㄏㄜˊ

hé

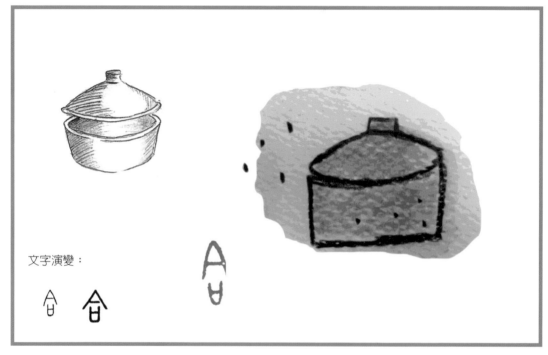

文字演變：

古文「合」是上面一個圓錐形的蓋子，下部是一個
gǔ wén hé shì shàng miàn yí ge yuán zhuī xíng de gài zi xià bù shì yí ge
圓形的容器，表示器皿相合。
yuán xíng de róng qì biǎo shì qì mǐn xiāng hé

造句示例

合作 (cooperation)：老師要我們彼此合作，共同完成小組作業。
hé zuò　　　　　　　　　lǎo shī yào wǒ men bǐ cǐ hé zuò gòng tóng wán chéng xiǎo zǔ zuò yè

合約 (contract)：做生意要事先簽訂合約，才不會吃虧受騙。
hé yuē　　　　　　　　zuò shēng yi yào shì xiān qiān dìng hé yuē cái bù huì chī kuī shòu piàn

門

mén

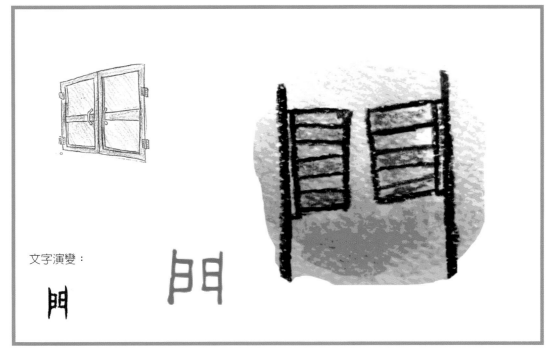

文字演變：

像 兩 扇 門 的 樣 子。古 時 候 木 門、草 門 就 是 向
xiàng liǎng shàn mén de yàng zi　gǔ shí hòu mù méng　cǎo méng jiù shì xiàng

兩 邊 開 啓 的。
liǎng biān kāi qǐ de

造句示例

門 口 (doorway)：有 一 隻 流 浪 貓 跑 到 我 家 門 口。
mén kǒu　　　　　　yǒu yī zhī liú làng māo pǎo dào wǒ jiā mén kǒu

開 門 (open the door)：媽 媽 出 門 忘 了 帶 鑰 匙，要 我 幫 她 開 門。
kāi mén　　　　　　mā ma chū mén wàng le dài yào shi yào wǒ bāng tā kāi mén

戶

ㄏㄨˋ

hù

文字演變：

像一扇門的樣子。後來引申為住家的意思。
xiàng yí shàn mén de yàng zi　hòu lái yǐn shēn wéi zhù jiā de yì si

---

造句示例

窗　戶 (window)：睡 覺 前 要 記 得 關 窗 戶，以 免 受 涼。
chuāng hù 　　　　　shuì jiào qián yào jì de guān chuāng hu　yǐ miǎn shòu liáng

帳　戶 (account)：你 的 帳 戶 號 碼 給 我，我 要 匯 錢 給 你。
zhàng hù 　　　　　nǐ de zhàng hù hào mǎ gěi wǒ　wǒ yào huì qián gěi nǐ

家

ㄐㄧㄚ

jiā

文字演變：

古時候，平民家都養豬，所以「家」字從「宀」（房子）
gǔ shí hòu　píng mín jiā dōu yǎng zhū　suǒ yǐ　jiā　zì cóng　mián　fáng zi

從「豕」（豬）。
cóng　shǐ　zhū

造句示例

回家 (return home)：放 學 後 就 趕 快 回 家，不 要 在 外 面 逗 留。
huí jiā　　　　　　　fàng xué hòu jiù gǎn kuài huí jiā　bù yào zài wài miàn dòu liú

家庭 (family)：我 的 家 庭 有 十 個 成 員，算 是 大 家 庭。
jiā tíng　　　　wǒ de jiā tíng yǒu shí gè chéng yuán　suàn shì dà jiā tíng

宮
ㄍㄨㄥ

gōng

文字演變：

像 一 個 側 視 的 屋 子 , 屋 簷 下 有 窗 戶 、 有 門 的 屋 子 ,
xiàng yí ge cè shì de wū zi wū yán xià yǒu chuāng hù yǒu mén de wū zi

是 古 代 貴 族 居 住 的 地 方 , 所 以 皇 帝 住 的 地 方 叫 「 皇 宮 」。
shì gǔ dài guì zú jū zhù de dì fāng suǒ yǐ huáng dì zhù de dì fāng jiào huáng gōng

---

造句示例

宮 殿 (palace)：這 座 宮 殿 建 於 十 六 世 紀 , 到 現 在 依 然 富 麗 堂 皇 。
gōng diàn zhè zuò gōng diàn jiàn yú shí liù shì jì dào xiàn zài yī rán fù lì táng huáng

迷 宮 (maze)：附 近 樂 園 有 一 座 矮 樹 建 造 的 迷 宮 , 很 受 歡 迎 。
mí gōng fù jìn lè yuán yǒu yī zuò ǎi shù jiàn zào de mí gōng hěn shòu huān yíng

穴 ㄒㄩㄝˋ

xuè

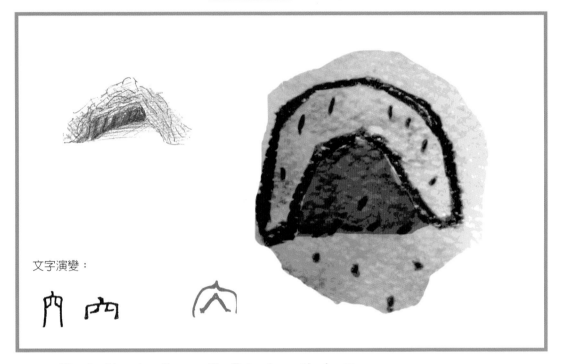

文字演變：

像穴的形狀，是「土室」的意思。
xiàng xuè de xíng zhuàng shì tǔ shì de yì si

211

造句示例

洞穴 (cave)：這個洞穴裡住著許多老虎。
dòng xué   zhè ge dòng xué lǐ zhù zhe xǔ duō lǎo hǔ

穴道 (acupuncture point)：中醫說人身上有好幾百個穴道。
xué dào   zhōng yī shuō rén shēn shàng yǒu hǎo jǐ bǎi gè xué dào

窮
くひ/ㄥ

qióng

文字演變：

「窮」是個會意字，像一個人弓著身子，委屈在
qióng shì ge huì yì zì xiàng yí ge rén gōng zhe shēn zi wěi qū zài

洞穴裡，身體不得伸展；所以有窘困的意思。
dòng xuè lǐ shēn tǐ bù dé shēn zhǎn suǒ yǐ yǒu jiǒng kùn de yì si

造句示例

貧窮 (poverty)：我們應該幫助貧窮國家的人民。
pín qióng wǒ men yīng gāi bāng zhù pín qióng guó jiā de rén mín

無窮 (endless)：人如果一心想著追求財富，只會給自己帶來無
wú qióng rén rú guǒ yī xīn xiǎng zhe zhuī qiú cái fù zhǐ huì gěi zì jǐ dài lái wú

窮的煩惱。
qióng de fán nǎo

井

ㄐ一ㄥˇ

jǐng

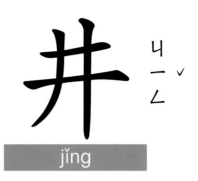

文字演變：

213

古 代 實 施 井 田 制 度， 八 戶 人 家 共 用 中 間 的 井 水。

gǔ dài shí shī jǐng tián zhì dù　bā hù rén jiā gòng yòng zhōng　jiān de jǐng shuǐ

造句示例

井水 (well water)：在 沒 有 自 來 水 的 年 代，大 家 都 是 用 井 水 煮 飯、

jǐng shuǐ　　　　　　　 zài méi yǒu zì lái shuǐ de nián dài　dà jiā dōu shì yòng jǐng shuǐ zhǔ fàn

洗 衣、洗 澡。

xǐ yī　xǐ zǎo

井井有條 (neat and tidy)：我 把 房 間 整 理 得 井 井 有 條。

jǐng jǐng yǒu tiáo　　　　　　 wǒ bǎ fáng jiān zhěng lǐ dé jǐng jǐng yǒu tiáo

巾
ㄐㄧㄣ

jīn

文字演變：

巾 是 象 形 文，手 巾 或 擦 抹 用 布。 像 一 塊 布，可 以 包
jīn shì xiàng xíng wén　shǒu jīn huò cā mǒ yòng bù　xiàng yí kuài bù　kě yǐ bāo

頭（頭 巾），可 以 圍 脖 子（圍 巾），可 以 擦 拭 東 西（紙 巾）。
tóu　tóu jīn　　kě yǐ wéi bó zi　wéi jīn　　kě yǐ cā shì dōng xi　zhǐ jīn

---

造句示例

毛 巾 (towel)：我 在 超 市 買 了 好 幾 條 毛 巾。
máo jīn　　　　wǒ zài chāo shì mǎi le hǎo jǐ tiáo máo jīn

圍 巾 (scarf)：天 冷 時，要 圍 上 圍 巾 再 出 門。
wéi jīn　　　　tiān lěng shí yào wéi shàng wéi jīn zài chū mén

衣
yī

文字演變：

字形 像 一 件 上 衣 ， 上 面 是 衣 領 ， 兩 側 開 口 的 地 方
zì xíng xiàng yí jiàn shàng yī　shàng miàn shì yī lǐng　liǎng cè kāi kǒu de dì fāng
是 衣 袖 ， 下 面 是 衣 服 的 下 襬 。 古 代　上 衣 叫 「衣」 ， 下 衣 叫
shì yī xiù　xià miàn shì yī fú de xià bǎi　gǔ dài　shàng yī jiào　yī　xià yī jiào
「裳」 。「衣」 當 字 的 左 偏 旁 時 ， 寫 成 「衤」 ， 如 ：「裡」 、
shang　　yī　dāng zì de zuǒ piān páng shí　xiě chéng　yī　rú　lǐ
「袖」 、「被」 等 字 。
xiù　　bèi děng zì

━━━ 造句示例 ━━━

衣 服 (clothes)：阿 姨 帶 我 和 妹 妹 到 百 貨 公 司 買 衣 服 。
yī fu　　　　ā yí dài wǒ hé mèi mei dào bǎi huò gōng sī mǎi yī fu
衣 櫃 (wardrobe)：我 的 房 間 有 兩 個 大 大 的 衣 櫃 。
yī guì　　　　wǒ de fáng jiān yǒu liǎng gè dà dà de yī guì

絲

ㄙ

sī

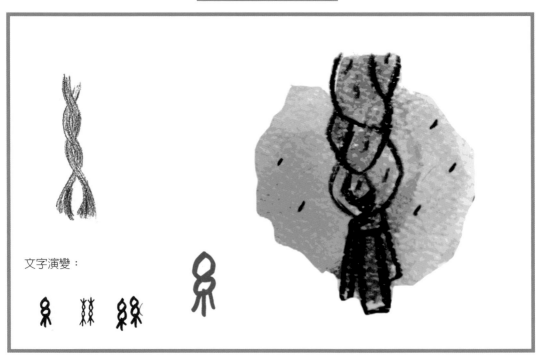

文字演變：

糸 是 象 形 字。 像 多 條 細 絲 線 扭 編 成 較 粗 線 條 的 形
mì shì xiàng xíng zì　 xiàng duō tiáo xì　sī xiàn niǔ biān chéng jiào cū xiàn tiáo de xíng

狀 。後 來 用 兩 束「糸」表 示「絲 線」、「絲 布」。
zhuàng　　hòu lái yòng liǎng shù　 mì　 biǎo shì　 sī xiàn　　　　 sī bù

造句示例

絲線 (silk yarn)：這 條 披 肩 是 用 許 多 顏 色 的 絲 線 織 成 的。
sī xiàn
　　　　　　　 zhè tiáo pī jiān shì yòng xǔ duō yán sè de sī xiàn zhī chéng de

絲巾 (headscarf)：媽 媽 生 日，我 送 她 一 條 金 色 的 絲 巾。
sī jīn
　　　　　　　 mā ma shēng rì　wǒ sòng tā yī tiáo jīn sè de sī jīn

網

ㄨ
ㄤ ˇ

wǎng

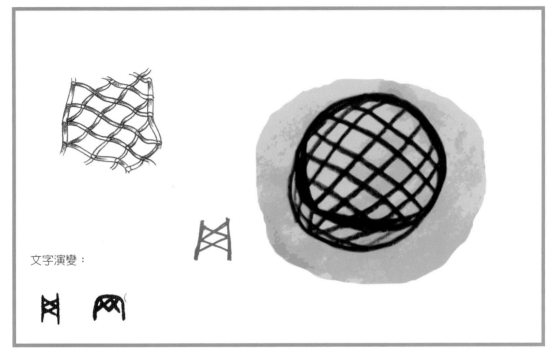

文字演變：

古文的字形，是一張捕鳥獸的網，「网」像四周
gǔ wén de zì xíng　shì yì zhāng bǔ niǎo shòu de wǎng　　xiàng sì zhōu

的網繩。「网」當字的偏旁時，寫成「罒」，有：「羅」、
de wǎng shéng　　wǎng　dāng zì de piān páng shí　xiě chéng　wǎng　　yǒu　luó

「罪」、「罰」、「罷」等字。网字後來加上聲符「亡」
zuì　　　fá　　　bà　　děng zì　　wǎng zì hòu lái jiā shàng shēng fú　wáng

成「罔」字，因罔大都是絲繩編製的，後加「糸」成了
chéng　wǎng　zì　yīn wǎng dà dōu shì sī shéng biān zhì de　　hòu jiā　mì　chéng le

「網」，今寫成了「網」。
wǎng　　jīn xiě chéng le　wǎng

造句示例

魚網 (fishing net)：我帶妹妹到夜市玩用魚網撈魚。
yú wǎng　　　　　　　wǒ dài mèi mei dào yè shì wán yòng yú wǎng lāo yú

網路 (network)：我上網找資料，網路上什麼都找得到！
wǎng lù　　　　　　　wǒ shàng wǎng zhǎo zī liào　wǎng lù shang shén me dōu zhǎo dé dào

鼓

ㄍ ㄨ ˇ

gǔ

文字演變：

像一幅擊鼓圖，一隻手握著鼓錘，敲著一面大鼓。
xiàng yì fú jí gǔ tú yì zhī shǒu wò zhe gǔ chuí qiāo zhe yí miàn dà gǔ

「壴」中間是圓形的鼓面，上面是裝飾物，下面是
zhǔ zhōng jiān shì yuán xíng de gǔ miàn shàng miàn shì zhuāng shì wù xià miàn shì

鼓座。右邊「支」古文作「攴」，像一隻手拿著鼓錘，正要
gǔ zuò yòu biān zhī gǔ wén zuò xiàng yì zhī zhǒu ná zhe gǔ chuí zhèng yào

擊鼓的樣子。
jí gǔ de yàng zi

造句示例

鼓吹 (agitate for)：在學者的鼓吹下，這棟古蹟不用拆了。
gǔ chuī zài xué zhě de gǔ chuī xià zhè dòng gǔ jī bù yòng chāi le

打鼓 (play a drums)：哥哥對打鼓很有興趣。
dǎ gǔ gē ge duì dǎ gǔ hěn yǒu xìng qù

樂

ㄌ
ㄜ、

lè

文字演變：

本來的意思是樂器，原來字形是「木」加「絲」構成，
běn lái de yì si shì yuè qì yuán lái zì xíng shì mù jiā sī gòu chéng

後來又加了「白」，是撥弦器，因爲音樂使人快樂，後來
hòu lái yòu jiā le bái shì bō xián qì yīn wèi yīn yuè shǐ rén kuài lè hòu lái

引申爲喜悦的意思。這個「樂」字有兩個發音，一是
yǐn shēn wéi xǐ yuè de yì si zhè gē lè zi yǒu liǎng ge fā yīn yī shì

「音樂ㄩㄝ」，一是「快樂ㄌㄜ」
yīn yuè yī shì kuài le

=== 造句示例 ===

音樂 (music)：我跟妹妹從小就喜歡音樂。
yīn yuè wǒ gēn mèi mei cóng xiǎo jiù xǐ huān yīn yuè

樂譜 (sheet music)：這首樂曲的樂譜已經不見了。
yuè pǔ zhè shǒu yuè qǔ de yuè pǔ yǐ jīng bù jiàn le

喜

ㄒㄧˇ

xǐ

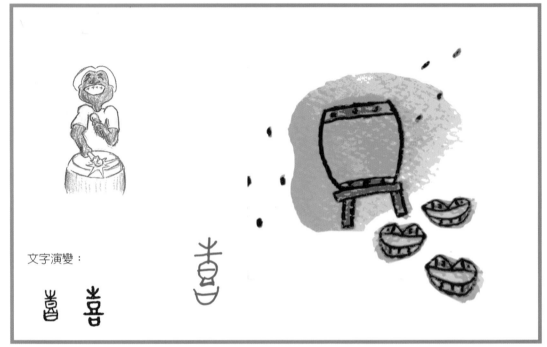

文字演變：

由「壴」和「口」構成。「壴」是「鼓」的意思，敲鼓的
yóu zhǔ hàn kǒu gòu chéng zhǔ shì gǔ de yì si qiāo gǔ de
聲 音，令人聽了欣喜而笑口 常 開，顯然是有喜慶的事。
shēng yīn lìng rén tīng le xīn xǐ ér xiào kǒu cháng kāi xiǎn rán shì yǒu xǐ qìng de shì
它是個會意字。
tā shì ge huì yì zì

造句示例

喜歡 (like)：我 喜 歡 養 貓，妹 妹 喜 歡 養 狗。
xǐ huan wǒ xǐ huan yǎng māo mèi mei xǐ huan yǎng gǒu

喜慶 (festive)：中 國 人 參 加 喜 慶 大 多 會 穿 紅 色 的 衣 服。
xǐ qìng zhōng guó rén cān jiā xǐ qìng dà duō huì chuān hóng sè de yī fu

食 ㄕˊ

shí

文字演變：

本義是食物，字形 像 一個 盛 食物的器皿。
běn yì shì shí wù　zì xíng xiàng yí ge chéng shí wù de qì mǐn

後來也當 動詞「吃」的意思。
hòu lái yě dāng dòng cí　chī　de yì si

─── 造句示例 ───

食物 (food)：醫 師 告 訴 我 們 要 多 吃 海 鮮 類 食 物 代 替 紅 肉。
shí wù　　　　yī shī gào su wǒ men yào duō chī hǎi xiān lèi shí wù dài tì hóng ròu

食品 (foodstuff)：我 們 不 要 吃 太 多 加 工 食 品。
shí pǐn　　　　　wǒ men bù yào chī tài duō jiā gōng shí pǐn

其他

玉 ㄩˋ

yù

文字演變：

「玉」字原來是三片玉石用絲繩串起來。古人
yù　　zì yuán lái shì sān piàn yù shí yòng sī shéng chuàn qǐ lái　　gǔ rén

配玉，因爲玉是石之美者，後來有了「王」（貫穿天、
pèi yù　yīn wèi yù shì shí zhī měi zhě　hòu lái yǒu le　wáng　　guàn chuān tiān

地、人三者的爲王）字，玉就加一點以作爲區別。
dì　rén sān zhě de wéi wáng　zì　　yù jiù jiā yī diǎn yǐ zuò wéi qū bié

造句示例

玉石 (jade and stone)：會發亮的石頭叫玉石。
yù shí　　　　　　　　　　　huì fā liàng de shí tou jiào yù shí

玉鐲子 (Jade bracele)：用玉石做的手環叫做玉鐲子。
yù zhuó zi　　　　　　　　yòng yù shí zuò de shǒu huán jiào zuò yù zhuó zi

文

ㄨㄣˊ

wén

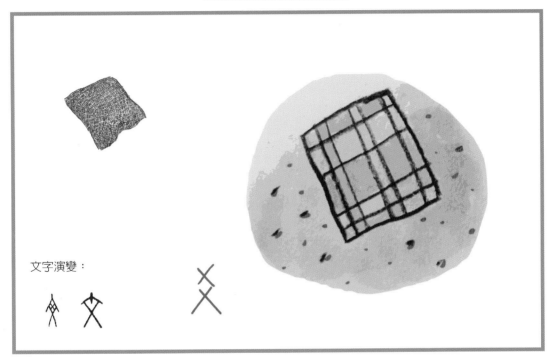

文字演變：

古 字 像 絲 織 品 上 交 錯 的 紋 路 線 條 ， 所 以 ， 許 慎 説
gǔ zì xiàng sī zhī pǐn shàng jiāo cuò de wén lù xiàn tiáo suǒ yǐ xǔ shèn shuō

是「錯 畫 也」。 也 像 土 地 因 曝 曬 產 生 龜 裂 的 紋 路 ， 如
shì cuò huà yě yě xiàng tǔ dì yīn pù shài chǎn shēng jūn liè de wén lù rú

「𫝀」；或 龜 甲 等 物 經 火 烤 而 產 生 裂 紋 ， 就 是「文 字」，
huò guī jiǎ děng wù jīng huǒ kǎo ér chǎn shēng liè wén jiù shì wén zì

所 以「文」字 有 經 過 修 飾 、 加 工 的 意 思 。 如 ： 文 章 、
suǒ yǐ wén zì yǒu jīng guò xiū shì jiā gōng de yì si rú wén zhāng

文 采 、 文 雅 等 。
wén cǎi wén yǎ děng

造句示例

文 化 (culture)： 中 國 有 五 千 年 的 文 化 。
wén huà zhōng guó yǒu wǔ qiān nián de wén huà

文 字 (text)： 每 個 國 家 都 有 自 己 的 文 字 語 言 。
wén zì měi gè guó jiā dōu yǒu zì jǐ de wén zì yǔ yán

上

ㄕ
ㄤˋ

shàng

文字演變：

「上」是指事文。甲骨文作「⌐」、「二」，指
shàng shì zhǐ shì wén jiǎ gǔ wén zuò zhǐ

東西在「一」上面。漢朝隸書「上」用「⌐」表示；
dōng xī zài shàng miàn hàn cháo lì shū shàng yòng biǎo shì

後來把二者合一成「上」字。
hòu lái bǎ èr zhě hé yī chéng shàng zì

造句示例

上面 (above)：小貓跳到椅子上面。
shàng miàn　　xiǎo māo tiào dào yǐ zi shàng miàn

早上 (morning)：早上下了一場大雨。
zǎo shang　　zǎo shang xià le yī chǎng dà yǔ

下

ㄒ
ㄧ
ㄚ、

xià

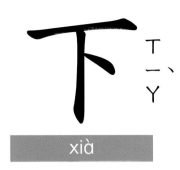

文字演變：

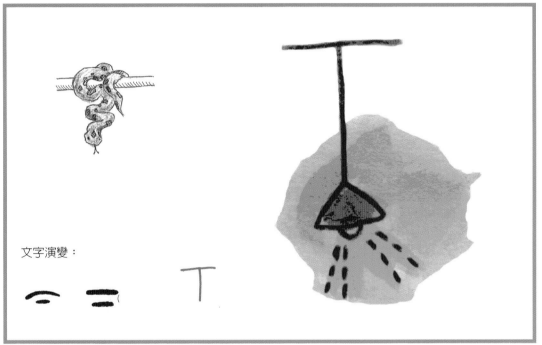

「下」字原作「⼆」，指物在某東西之下，漢時寫作
xià　　zì yuán zuò　　　　　　zhǐ wù zài mǒu dōng xī zhī xià　　hàn shí xiě zuò
「丁」；和「⼆」（上）字相反。後來把兩個符號合一，
hé　　　　　shàng　zì xiāng fǎn　hòu lái bǎ liǎng ge fú hào hé yī
而成「下」字。
ér chéng　xià　zì

造句示例

下面 (the following)：小狗在桌子下面鑽來鑽去。
xià miàn　　　　　　　　xiǎo gǒu zài zhuō zi xià miàn zuān lái zuān qù
下來 (down)：小貓從椅子上跳下來。
xià lái　　　　　xiǎo māo cóng yǐ zi shàng tiào xià lái

小 _{ㄒㄧㄠˇ}

xiǎo

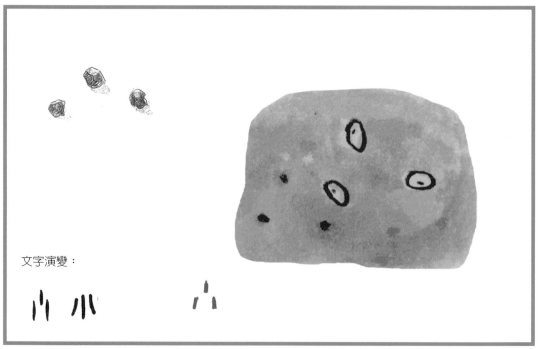

文字演變：

三 個 小 點 ， 表 示 沙 粒 或 米 粒 等 ， 用 來 表 示 小 小
sān ge xiǎo diǎn biǎo shì shā lì huò mǐ lì děng yòng lái biǎo shì xiǎo xiǎo

的 物 體 。 後 來 字 形 變 成 中 豎 和 左 、 右 兩 點 。
de wù tǐ huò lái zì xíng biàn chéng zhōng shù hàn zuǒ yòu liǎng diǎn

228

造句示例

小 心 (Be careful)：爺 爺 說 走 路 要 小 心 ， 才 不 會 跌 倒 。
xiǎo xīn   　　　　 yé ye shuō zǒu lù yào xiǎo xīn cái bù huì diē dǎo

小 氣 (stingy)：小 氣 的 人 會 沒 有 朋 友 的 。
xiǎo qi   　　　 xiǎo qi de rén huì méi yǒu péng you de

央 ^一_尢

yāng

文字演變：

像 一 個 人 挑 著 擔 子 的 形 狀 ，而 人 位 在 扁 擔 的
xiàng yí ge rén tiāo zhe dàn zi de xíng zhuàng　　ér rén wèi zài biǎn dàn de

中 間 ，惟 有 這 樣 ，兩 邊 重 量 才 能 平 衡 。所 以
zhōng jiān　wéi yǒu zhè yàng　liǎng biān zhòng liàng cái néng píng héng　suǒ yǐ

「央 」就 是 兩 端 的 中 間 、中 央 的 意 思 。
yāng　jiù shì liǎng duān de zhōng jiān　zhōng yāng de yì si

造句示例

中 央 (central)：那 朵 蓮 花 生 長 在 水 池 中 央 。
zhōng yāng　　　　　　nà duǒ lián huā shēng zhǎng zài shuǐ chí zhōng yāng

分

ㄈㄣ

fen

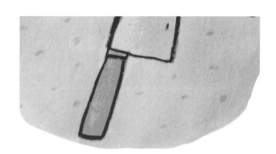

文字演變：

屮 少 𡤰 分

上是「八」，下是「刀」，就是用刀子把東西剖開
shàng shì bā xià shì dāo jiù shì yòng dāo zi bǎ dōng xī pōu kāi

的意思。所以，「分」字上部一定要分開作「八」，
de yì si suǒ yǐ fēn zi shàng bù yí dìng yào fēn kāi zuò bā

不可寫成「ㄥ」。
bù kě xiě chéng

造句示例

分開 (separate)：我和弟弟感情很好，不會分開。
fèn kāi wǒ hé dì di gǎn qíng hěn hǎo bú huì fēn kāi

分鐘 (minute)：在生命的每一分鐘，我們都需要空氣。
fēn zhōng zài shēng mìng de měi yī fēn zhōng wǒ men dōu xū yào kōng qì

貧

ㄆㄧㄣˊ

pín

文字演變：

將　一　分　（錢　財）　分　出　若　干　等　分　，則　有　貧　乏　的　意　思　。
jiāng yì fēn　qián cái　fēn chū ruò gān děng fèn　zé yǒu pín fá de yì si

---

造句示例

貧 窮 (poverty)：他 家 很 貧 窮 ，連 一 雙 鞋 都 買 不 起 。
pín qióng　　　　tā jiā hěn pín qióng　lián yī shuāng xié dōu mǎi bù qǐ

貧 乏 (incomplete)：他 知 識 貧 乏 常 被 人 騙 。
pín fá　　　　　　tā zhī shi pín fá cháng bèi rén piàn

公 ㄍㄨㄥ

gōng

文字演變：

從「八」從「厶」；「八」是背離的意思，「厶」是
cóng bā cóng sī bā shì bèi lí de yì sī sī shì

「私」的簡筆。背離私心，也就是和「私」相反，就是
sī de jiǎn bǐ bèi lí sī xīn yě jiù shì hàn sī xiāng fǎn jiù shì

「公平」了。而「心」爲抽象的，不可分。
gōng píng le ér xīn wéi chōu xiàng de bù kě fēn

造句示例

公 司 (corporation)：爸 爸 在 建 築 公 司 上 班。
gong sī bà ba zài jiàn zhù gōng sī shàng bān

公 開 (public)：明 天 我 們 將 公 開 表 演。
gōng kāi míng tiān wǒ men jiāng gōng kāi biǎo yǎn

行

xíng

ㄒ
ㄧ
ㄥ

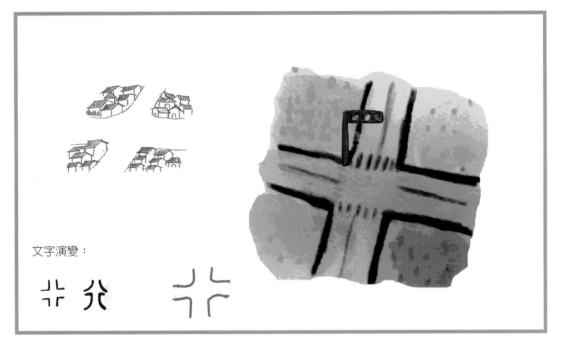

文字演變：

古字形像一個四通的十字路口，本義是「路」。
gǔ zì xíng xiàng yí ge sì tōng de shí zì lù kǒu běn yì shì lù

後來被借爲動詞，當「走動」的意思。而當名詞
hòu lái bèi jiè wéi dòng cí dāng zǒu dòng de yì si ér dāng míng cí

時則有「行列」的意思。「行」（ㄏㄤˊ）表示行陣一列、
shí zé yǒu háng liè de yì si háng biǎo shì háng zhèn yí liè

一列的意思。也借爲「銀行」的「行」字。
yí liè de yì si yě jiè wéi yín háng de háng zì

造句示例

行李 (baggage)：請將行李放上車，我們要出發了。
xíng lǐ　　　　qǐng jiāng xíng li fàng shàng chē wǒ men yào chū fā le

行走 (walk)：行人必須走在人行道上。
xíng zǒu　　　xíng rén bì xū zǒu zài rén xíng dào shàng

道 ㄉㄠˋ

dào

文字演變：

「道」字右邊是「首」，左邊是「辵」。「首」是人，
dào zì yòu biān shì shǒu zuǒ biān shì chuò shǒu shì rén

「辶」是行走；表示一個人走在路上。因此它可當動詞，
chuò shì xíng zǒu biǎo shì yí ge rén zǒu zài lù shàng yīn cǐ tā kě dāng dòng cí

表示「行走」；也可當名詞，表示「道路」。因爲人在大路
biǎo shì xíng zǒu yě kě dāng míng cí biǎo shì dào lù yīn wèi rén zài dà lù

上，看人來人往可以悟出一些法則，因此又有「道理」的
shàng kàn rén lái rén wǎng kě yǐ wù chū yì xiē fǎ zé yīn cǐ yòu yǒu dào lǐ de

意思。
yì si

造句示例

道路 (the way)：前方道路很曲折，因此經常發生意外。
dào lù qián fāng dào lù hěn qū zhé yīn cǐ jīng cháng fā shēng yì wài

道理 (reason)：講道理的人才會受到別人的尊敬。
dào lǐ jiǎng dào lǐ de rén cái huì shòu dào bié rén de zūn jìng

德

ㄉㄜˊ

dé

文字演變：

「德」字左邊「彳」是十字路的省筆，右邊是人的眼
dé　zì zuǒ biān　　　shì shí zì lù de shěng bǐ　yòu biān shì rén de yǎn

睛，眼下是心，它的意思是指一個人走在路上，
jīng　yǎn xià shì xīn　tā de yì si shì zhǐ yí ge rén zǒu zài lù shàng

眼睛看著路人的行為舉止，用心去判斷，就是「德」
yǎn jīng kàn zhe lù rén de xíng wéi jǔ zhǐ　yòng xīn qù pàn duàn　jiù shì　dé

字，也就是按正直的準則去做、去想。
zì　yě jiù shì àn zhèng zhí de zhǔn zé qù zuò　qù xiǎng

造句示例

道德 (moral)：孔子是個講道德的教育家。
dào dé　　　　　Kǒng zǐ shì gè jiǎng dào dé de jiào yù jiā

品德 (moral character)：他是個品德高尚的人。
pǐn dé　　　　　　　　tā shì gè pǐn dé gāo shàng de rén

凹 ㄠ

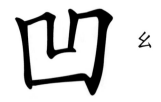

āo

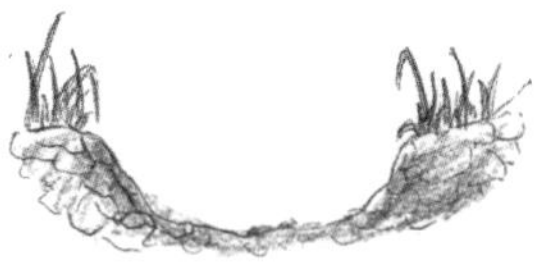

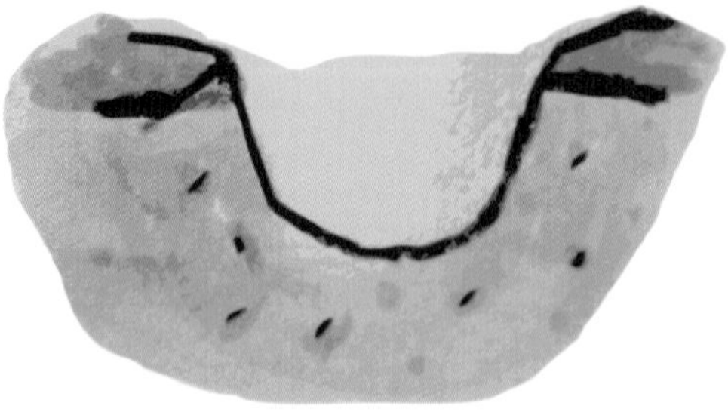

文字演變：

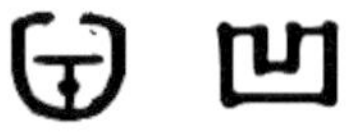

比地面低窪的形狀，叫做「凹」。它是象形字。
bǐ dì miàn dī wā de xíng zhuàng jiào zuò āo tā shà xiàng xíng zì

造句示例

凹洞(pit)：馬路上有個凹洞。
āo dòng mǎ lù shàng yǒu gè āo dòng

凸

ㄊㄨ

tú

文字演變：

比 地 面 高 出 的 形 狀 ，叫 做「凸」。
bǐ dì miàn gāo chū de xíng zhuàng jiào zuò tú

237

造句示例

凸 出 來 (protruding)：這 塊 牆 面 有 個 凸 出 來 的 釘 子。
tū chū lái　　　　　zhè kuài qiáng miàn yǒu gè tū chū lái de dīng zi

年

ㄋㄧㄢˊ

nián

文字演變：

古 字 形 像 一 個 人 揹 著 成 熟 的 莊 稼 的 情 景。
gǔ zì xíng xiàng yí ge rén bèi zhe chéng shú de zhuāng jià de qíng jǐng

「年」本 義 是 成 熟、收 成 的 意 思。大 陸 中 原 地 區 一
nián běn yì shì chéng shú shōu chéng de yì si dà lù zhōng yuán dì qū yì

年 收 穫 一 次，所 以 引 申 爲「一 年」的 量 詞。
nián shōu huò yí cì suǒ yǐ yǐn shēn wéi yī nián de liàng cí

─── 造句示例 ───

年紀 (age)：弟 弟 的 年 紀 很 小。
nián jì　　　 dì di de nián jì hěn xiǎo

新年 (New Year)：新 年 每 個 人 都 有 新 希 望。
xīn nián　　　 xīn nián měi gè rén dōu yǒu xīn xī wàng

齊
qí

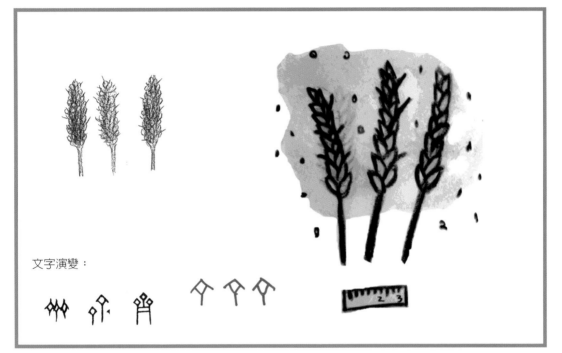

文字演變：

田裡 的 麥 子 一 般 都 是 長 得 一 樣 高 ， 所 以 古 人
tián lǐ de mài zi yì bān dōu shì zhǎng de yí yàng gāo suǒ yǐ gǔ rén

用 三 枝 麥 穗 表 示「齊」的 意 思 。 古 人 爲 求 美 觀 ，
yòng sān zhī mài suì biǎo shì qí de yì si gǔ rén wèi qiú měi guān

把 三 顆 麥 子 錯 開 排 列 ， 再 用 一 橫 線 表 示 立 足 點 不 同 ，
bǎ sān kē mài zi cuò kāi pái liè zài yòng yì héng xiàn biǎo shì lì zú diǎn bù tóng

其 實 高 度 是 相 同 的 。
qí shí gāo dù shì xiāng tóng de

=== 造句示例 ===

整 齊 (neat)：隊 伍 排 得 很 整 齊 。
zhěng qí dùi wu pái de hěn zhěng qí

齊 全 (complete)：這 次 旅 行 ， 他 帶 的 東 西 很 齊 全 。
qí quán zhè cì lǔ xíng tā dài de dōng xi hěn qí quán

239

示 ^ㄕ

shì

文字演變：

示

「示」，三隻腳的供桌「爪」。上面的一橫表
shì　　sān zhī jiǎo de gòng zhuō　　　shàng miàn de yì héng biǎo

示祭物。「示」是以物祭祀。從「示」偏旁的字，均與
shì jì wù　　shì　shì yǐ wù jì sì　cóng　shì　piān páng de zì　jūn yǔ

祭祀有關，如：「祭」、「祀」、「神」、「福」、「祥」等。
jì　sì yǒu guān　rú　　jì　　　sì　　　shén　　　fú　　　xiáng dǎng

造句示例

指示 (instructions)：老師說：參觀展覽時，請依照指示往前走。
zhǐ shì　　　　　　　　lǎo shī shuō　cān guān zhǎn lǎn shí　qǐng yī zhào zhǐ shì wǎng qián zǒu

示範 (demonstration)：飛機起飛前，空姐示範救生衣的穿法。
shì fàn　　　　　　　　　fēi jī qǐ fēi qián　　kōng jiě shì fàn jiù shēng yī de chuān fǎ

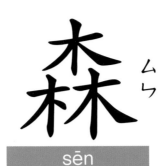

森

ムラ

sēn

文字演變：

表示一片樹林。中國人以「三」表示多，所以
biǎo shì yí piàn shù lín　zhōng guó rén yǐ　sān　biǎo shì duō　suǒ yǐ

從三木，表示很多樹。
cóng sān mù　biǎo shì hěn duō shù

造句示例

森林 (forest)：森林裡有很多動物。
sēn lín　　　　sēn lín　lǐ　yǒu hěn duō dòng wù

品

ㄆ一ㄣˇ

pǐn

文字演變：

字形 像 三 個 嘴 巴 或 器 皿 ， 表 示 「 眾 多 」 的 意 思 。
zì xíng xiàng sān ge zuǐ bā huò qì mǐn biǎo shì zhòng duō de yì si

金 文 有 「 賜 臣 三 品 」 ， 「 品 」 是 計 算 奴 隸 的 單 位 ，
jīn wén yǒu cì chén sān pǐn pǐn shì jì suàn nú lì de dān wèi

後 來 當 官 階 的 劃 分 用 。 如 今 引 申 爲 「 品 質 」 、 「 評 鑑 」 。
hòu lái dāng guān jiē de huà fēn yòng rú jīn yǐn shēn wéi pǐn zhí píng jiàn

242

造句示例

品 嚐 (taste)：今 天 品 嚐 了 一 道 美 食 。
pǐn cháng jīn tiān pǐn cháng le yī dào měi shí

晶 ㄐㄧㄥ

jīng

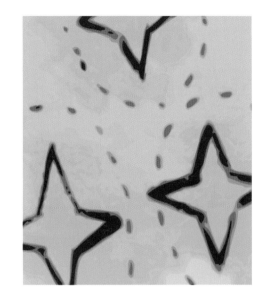

文字演變：

三 顆 星 星 在 一 起 ， 表 示 清 瑩 明 淨 的 意 思 。
sān kē xīng xīng zài yì qǐ biǎo shì qīng yíng míng jìng de yì si

「日」字 旁 是 取 象 於 星 星 ， 像 星 星 的 形 狀 ， 而 不
rì zì páng shì qǔ xiàng yú xīng xīng xiàng xīng xīng de xíng zhuàng ér bú

是 指 太 陽 。
shì zhǐ tài yáng

造句示例

水 晶 (crystal)：她 買 了 一 條 水 晶 項 鍊 。
shuǐ jīng tā mǎi le yī tiáo shuǐ jīng xiàng liàn

亮 晶 晶 (sparkling)：婆 婆 戴 的 戒 指 亮 晶 晶 的 。
liàng jīng jīng pó po dài de jiè zhi liàng jīng jīng de

轟

ㄏㄨㄥ

hōng

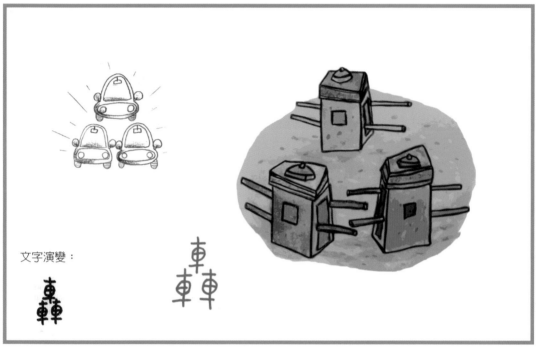

文字演變：

許 多 車 子 一 起 走 ， 發 出 很 大 的 聲 音 ， 形 容 聲
xǔ duō chē zi yì qǐ zǒu　fā chū hěn dà de shēng yīn　　xíng róng shēng
勢 很 浩 大 驚 人 的 樣 子 。
shì hěn hào dà jīng rén de yàng zi

造句示例

鬧 哄 哄 (clamorous)：老 師 才 離 開 ，教 室 就 鬧 哄 哄 的 。
nào hōng hōng　　　　　lǎo shī cái lí kāi jiào shì jiù nào hōng hōng de

轟 動 (sensation)：她 的 表 演 很 精 采 ， 轟 動 全 校 師 生 。
hōng dòng　　　　　tā de biǎo yǎn hěn jīng cǎi　hōng dòng quán xiào shī shēng

Note

Note

國家圖書館出版品預行編目資料

有趣的中國文字／羅秋昭編著.－－二版.－－

臺北市：五南，2017.10

　　面；　公分

ISBN 978-957-11-7696-3（平裝）

1.中國文字

802.2　　　　　　　　　103012474

1XJ5 華語系列

有趣的中國文字
漢字的美麗圖像・形義演變

作　　　者 — 羅秋昭

發 行 人 — 楊榮川

總 經 理 — 楊士清

副總編輯 — 黃惠娟

責任編輯 — 蔡佳伶、簡妙如

文字編輯 — 胡天如

封面設計 — 黃聖文

出 版 者 — 五南圖書出版股份有限公司

地　　　址：106台北市大安區和平東路二段339號4樓

電　　　話：(02)2705-5066　傳　真：(02)2706-6100

網　　　址：http://www.wunan.com.tw

電子郵件：wunan@wunan.com.tw

劃撥帳號：01068953

法律顧問　林勝安律師事務所　林勝安律師

出版日期　2000 年 1 月初版一刷

　　　　　2012 年 9 月初版十一刷

　　　　　2017 年 10 月二版一刷

定　　　價　新臺幣420元